FRECH SERVIERT

AF190821

GERD EGELHOF

FRECH SERVIERT

Bibliografische Information der Deutschen Nationalbibliothek:
Die Deutsche Nationalbibliothek verzeichnet diese
Publikation in der Deutschen Nationalbibliografie; detaillierte
bibliografische Daten sind im Internet über
< http://dnb.d-nb.de > abrufbar.

© 2007 Gerd Egelhof
Titelillustration von Klaus Bräunlinger, Schwieberdingen
Satz, Umschlaggestaltung, Herstellung und Verlag:
Books on Demand GmbH, Norderstedt
ISBN: 978-3-8334-8410-0

Inhalt

Chaos im Supermarkt

Der Kühlschrank ist leer. Ich renne schnell zum Supermarkt, etwas Leckeres einkaufen.

Ein Rindsrouladen-Fertiggericht, leckere Böhnchen aus dem Supermarkt, gutes Bauernbrot und ein Fläschchen guten Rotweins.

An der Kasse behauptet eine Frau, dass ihr Portemonnaie gestohlen worden ist.

Die Kassiererin weiß nicht, was sie tun soll. Sie ruft die Polizei an. Als diese sie dazu autorisiert, die sich im Laden befindenden Kunden festzuhalten, schlägt ihre Stunde.

Einmal im Leben darf sie jetzt wichtig sein. Muss sie sonst immer die gestressten Kunden wie am Fließband möglichst schnell abfertigen, hat sie jetzt die Chance, sich zu rächen.

Die Kassiererin kostet ihren großen Auftritt voll aus. Sie schließt die Eingangstüren ab. Keiner kommt mehr raus, keiner mehr rein. Das Chaos beginnt, eine nicht mehr zu stoppende Eigendynamik zu entwickeln.

Eine Frau wird pampig. Sie muss in ein paar Minuten wieder bei der Arbeit sein. Einer Oma fährt der Bus buchstäblich vor der Nase weg. Sie drückt ihr Riechorgan gegen die Scheibe der Ausgangstüre und sieht ihren Bus davonbrausen.

»Der nächste fährt erst wieder in einer Stunde. Mein Albert wartet doch auf sein Mittagessen«, grantelt sie.

»Kann er sich denn sein Mittagessen nicht selbst

machen?«, sagt eine andere Oma, als ob ihr Ehemann, egal ob er noch lebt oder nicht, alles im Leben selbst gemacht hätte.

Ein junges Mädchen, das in der letzten Schulstunde wohl Rechtskunde gehabt hat, fragt, ob die Kassiererin überhaupt das Recht habe, sie hier festzuhalten. Ich warte darauf, dass sie irgendein auswendig gelerntes Gesetz aus dem BGB herunterspult. Sie tut es aber nicht. Die Kassiererin verlässt sich auf die Polizei.

»Die Polizei übernimmt die Verantwortung, bevor ich hier noch gekillt werde«, sagt sie.

Ein Mann versucht, den Menschen, die draußen stehen und reinwollen, um einzukaufen, durch die Scheibe klarzumachen, dass ein Ladendiebstahl der Grund dafür ist, dass man sie aussperrt. Er erntet nur Schulterzucken.

Ich schlage vor, auf ein Stück Papier »Diebstahl« zu schreiben, damit die potenziellen Kunden wenigstens wissen, warum man im Moment ihr Geld nicht haben will. Als die Polizei kommt, ist die Kassiererin plötzlich wie vom Erdboden verschluckt. Kurz zuvor hat sie noch behauptet, dass Kunden festzuhalten keines ihrer Hobbys sei.

Wir potenziellen Diebe fangen an zu lachen. Die Retter werden ausgesperrt. Ich denke einen Moment lang, dass die Kassiererin doof ist. Sie hat bei ihrer Aktion etwas gedacht. Zur Absicherung von allen Seiten kommt sie mit einem Polizisten durch den Hintereingang.

Die alten, anständigen Frauen dürfen gehen, ohne

geprüft zu werden. Der Polizist bezeichnet diese Menschen als »gute Frauen«. Die alten Männer müssen bleiben. Ich weiß jetzt nicht genau, ob dies eine typische »Frauen-und-Kinder-zuerst-Situation« ist und frage mich, ob Frauen die besseren Menschen sind.

Kurz überkommt mich die Angst, dass der Typ, der hinter mir steht und ständig inhaltlos motzt, der Täter sein könnte. Wenn er mir jetzt von hinten den schwarzen Peter in Form des geklauten Portemonnaies in die Tasche steckt, dann bin ich unschuldig dran, überkommt mich eiskalte Angst. Ein Schweißtropfen rinnt mir über die Stirn.

Ich bin der Zweite, der überprüft wird. Der Polizist verlangt meinen Personalausweis, durchsucht meine Taschen und tastet mich ab. Ich bin okay. Ich darf gehen.

Die Kassiererin hält an der Ausgangstüre nach wie vor Wache. Ich schaue sie an. Ich denke an Sex und weiß nicht, warum.

»Ich darf autorisiert gehen«, sage ich.

Sie versteht mich nicht. Meine Worte sind wieder einmal zu gut gewählt. Sich dafür zu schämen lohnt nicht.

»Der junge Mann darf gehen«, sagt der Polizist.

Die Kassiererin schließt auf und lässt mich gehen. Endlich. Die frische Luft bläst das miese Gefühl weg, als Dieb verdächtigt und festgehalten worden zu sein.

Hoffentlich werden sie den Arsène Lupin von Waiblingen fassen. Im Sinne der deutschen Leitkultur, ein Staat von Fleißigen und Anständigen zu sein.

Die Narzisstin

Im Kreißsaal schreit jemand fürchterlich. Es ist nicht die Mutter. Es ist das Baby. Weiblich. Die Hebamme sagt: »Ach, ist das aber ein hübsches Kind«, und weiß nicht, dass sie mit diesem Ausspruch die Lawine für die Existenz einer Narzisstin losgetreten hat.

Zum Narzissmus vorbestimmte Babys können bereits dreißig Sekunden nach der Geburt Höreindrücke verarbeiten. Die Zahl 30 ist nicht federführend für ein weibliches Narzisstenbaby. Es fehlen zwei Nullen, womit die Anzahl der Männer mathematisch festgelegt wäre, bei der sich der neu auf der Erde angekommene Narzisst Chancen ausrechnet.

Das Baby wächst wohlbehütet auf. Es bekommt stets das Beste zu essen, immer die schicksten Kleider und darf bereits mit zwei Jahren in den Kindergarten. Hübsche Kinder werden dort immer gebraucht.

Im Kindergarten beeindruckt das heranwachsende Narzisstenkind bereits die Sandkastenkollegen. Es macht die Erfahrung, dass alle auf seine Schönheit hereinfallen. Die Jungs prügeln sich im Sandkasten, und wer es schafft, nicht im Sand eingebuddelt zu werden, der darf die kleine Lady im Auto der Eltern nach Hause begleiten.

Der Weg ist vorbestimmt. In der Schule ist es relativ früh kokett. Was bleibt ihm auch anderes übrig, wenn der Schulstoff nicht in erwünschtem Maße ihr Interesse weckt?

Das erste Mal passiert bereits mit 14 Jahren. Das

Narzisstenkind entdeckt, dass Sex Spaß macht. Es möchte mehr davon haben. Die Freunde geben sich die Türklinke in die Hand, während die Hausaufgaben auf dem Schreibtisch des Jugendzimmers vergeblich auf Erledigung warten.

Mit 15 Jahren wird das Narzisstenkind in eine Metzgerei gesteckt. Es erfüllt die Erwartungen nicht, da es ständig vor dem Spiegel im Schlafzimmergemach der Chefin steht, wo es eigentlich den Boden hätte bohnern sollen.

Irgendwann wird ein reicher Immobilienmakler auf das schöne Kind aufmerksam. Es wird von ihm vom Fleck weg geheiratet. Das schöne Kind gebärt dem Mann ein Kind. Da das Kind in Obhut der Narzisstin manchmal hungern müsste, übernimmt die Schwiegermutter die komplette Versorgung und Verantwortung über den neuen Erdenbürger.

Da Narzissmus nicht vererbbar ist, hat er gute Chancen, von diesem übertriebenen Verliebtsein in die eigene Person verschont zu bleiben.

Wenn sie gerade keinen Sex mit ihrem Mann oder den um den kleinen Finger gewickelten Seitensprüngen hat, verbringt die Narzisstin ihre Zeit vor dem Spiegel. Sie stellt sich selbst wieder und wieder die Frage der Fragen und beantwortet sie mit einem selbstverliebten »Ich«.

Alles, was sie weiß, sind zwei Dinge. Sie weiß, dass sie Chancen bei mindestens 3000 Männern hat und dass der Spiegel nicht ganz so hohl ist wie sie selbst. Sonst würde sie sich nicht so klar und deutlich darin sehen können.

Der Untergang der Titanic

»Wissen Sie, dass unser Staat in ganz Europa seinen Bürgern am meisten Sicherheit bietet, Herr Sebastian?«, fragte Opa Schmidbauer den Zivi Sebastian.

Sebastian befand sich bei einer Geburtstagsfeier im Altersheim. Opa Schmidbauer, der diesen Satz von sich gelassen hatte, war ein großer Fan des neuen Staatshäuptlings Gerhard Schröder.

»Da haben Sie wohl recht. Dennoch haben wir viele Menschen, die keine Arbeit finden.«

»Ja, ja, die Arbeitslosigkeit ist ganz schlimm. Aber unser soziales Netz fängt alle auf.«

»Da haben Sie wohl recht. Die soziale Hängematte ist extrem biegsam. Da fühlt man sich glatt wie im Urlaub auf Hawaii, wenn man keinen Job hat.«

»Was haben Sie gesagt, ich verstehe nur Hawaii.«

Opa Schmidbauer hörte etwas schlecht.

»Es gibt kein Bier auf Hawaii, es gibt kein Bier, drum fahr ich nicht nach Hawaii, drum bleib ich hier«, fing er zu singen an.

Das Altersheim war alkoholfreie Zone.

»Nun, Herr Schmidbauer, wie wird Ihrer Meinung nach unsere neue Regierung das Problem mit den Arbeitslosen in den Griff bekommen?«

»Das weiß ich auch nicht. Gerhard Schröder und der Walter Riester werden es schon richten.«

»Na, ich weiß nicht so recht, ob man sich heutzutage noch auf einen studierten Rechtsanwalt und einen Plattenleger verlassen kann.«

»Ach, jetzt malen Sie den Teufel nicht an die Wand.«

»Der Teufel wird bald von einer 35-jährigen Frau gegen die Wand gedrückt.«

Opa Schmidbauer lächelte. Den Baden-Württembergischen Landesvater konnte er nicht ab.

»Ich glaube eher, dass Schröder den pragmatischen Weg anstrebt. Er wird ein großes Schiff bauen lassen, auf dem einige Tausend Menschen Platz finden. Die Arche Noah war da ein Stümperwerk dagegen. Um die Arbeit Suchenden bei Laune zu halten, wird er sie zu einer Jungfernfahrt einladen.«

»Werden Sie dann auch mitfahren, Herr Sebastian? Sie sind doch auch nach Ihrem Zivildienst arbeitslos?«

»Nein. Das Schiff wird ohne mich in See stechen. Ich war schon einmal in Hameln, wenn Sie verstehen, was ich meine. Aber lassen Sie mich meine Version zu Ende führen. Schröder wird persönlich das Ruder des Schiffes übernehmen und denselben Seeweg wählen wie damals 1912 die Titanic.«

»Wann wird das sein?«, unterbrach mich Opa Schmidbauer.

»Im Jahr 2002, so in etwa eine Woche vor den Bundestagswahlen. Die Wahlforschungsgruppe wird vorhergesagt haben, dass die SPD nur auf 24% der Stimmen kommt, wohingegen sich die CDU auf über 50% einpendeln wird und somit die absolute Mehrheit erreicht.«

»Sie meinen, dass Schröder ein Selbstmordkommando zelebriert?«

»Nein. Er wird in einem letzten Kraftakt versuchen, ein Problem, das dem Volk unter den Nägeln brennt, zu lösen, um die Wahl trotz der schlechten Vorhersagen zu gewinnen.«

»Dann wäre Schröder fast so clever wie Lothar Späth.«

»Richtig, Opa Schmidbauer.«

»Wie wird Schröder dennoch scheitern?«

»Das Schiff wird am Eisberg zerschellen, Schröder wird vorne am Bug stehen, das Steuer in der Hand. Er wird, da er fälschlicherweise meint, einen Platz im Rettungsboot zu haben, ebenso euphorisch, wie das unser Leonardo getan hat, einen Satz in die Weite des Meeres brüllen.«

»Und der wäre?«

»Wir brauchen kein neues Bündnis für Arbeit mehr, Dooooris!«

»Ein paar Arbeit suchende Frauen werden durch Boote gerettet werden. Schröder muss, da er ein Mann ist, untergehen. Zum ersten Mal im Leben wird er sich wünschen, Heide Simonis zu sein.«

»Was für eine verrückte Idee, Herr Sebastian. Die CDU könnte vor Amtsantritt behaupten, zwei Fliegen mit einer Klappe geschlagen zu haben. Es gäbe etwas weniger Arbeitslose und Schröder wäre in den ewigen Eisschollen des Meeres entsorgt.«

»Richtig erkannt, Opa Schmidbauer.«

»Nein, Herr Sebastian, an solchen Spekulationen beteilige ich mich nicht. Schließlich habe ich den Schröder gewählt.«

»Ich auch, Opa Schmidbauer, ich auch. Aber den Menschen bleibt nichts anderes übrig, als auf neue Pferde zu setzen, wenn die alten lahmen und sich nichts verändert hat. Was halten Sie von Friedrich Merz als neuem Bundeskanzler?«

»Dann lieber Frau Merkel. Prinz Eisenherz war schon immer mein Lieblingsfilm.«

»Noch ein Wunsch, Opa Schmidbauer?«

»Ja, Herr Sebastian, reichen Sie mir bitte nochmals den Teller mit dem leckeren Kuchen.«

»Aber gerne, bitte schöööööön.«

Erwachsen sollte man sein

Der erwachsene Mensch weiß ganz genau, was er will. Er sitzt nicht mit 30 Jahren in der Gegend herum und überlegt, was er mit seinem Leben anfangen soll. Er weiß es einfach. Morgens um sieben Uhr klingelt der Wecker. Dann steht er auf. Das Tagwerk beginnt. Duschen. Anziehen. Frühstücken. Und ab geht die Post. Ins Büro, ans Fließband, auf die Baustelle ...

Der erwachsene Mensch weiß auch ganz genau, was er abseits vom Job möchte. Er kennt seine Bedürfnisse und handelt entsprechend. Da er weiß, was er möchte, sucht er sich einen Partner, der das auch weiß.

Zwei wissende Menschen werden unschlagbar sein. Die Lebensziele werden gnadenlos verfolgt. Punkt 1: Haus bauen. Punkt 2: Kinder zeugen. Punkt 3: Bodo Schäfers Buch kaufen und sich finanziell absichern.

Wenn das alles erreicht ist, dann werden die Erwachsenen zunächst sozial aufsteigen. Andere Paare finden, die das auch erreicht haben. Sie werden sich gegenseitig loben. Gut haben sie das gemacht.

Irgendwann wird allerdings ein Sättigungsgrad einsetzen. Sie werden merken, dass ihre erreichten Lebensziele okay waren, jedoch etwas vermissen, was sie zunächst nicht definieren können.

Menschen leben nun einmal in Häusern. Ob sie dort zur Miete leben oder ob ihnen das alleine gehört, ist nicht so wichtig. Die Kinder werden sich von der Erziehung nicht mehr beeinflussen lassen.

Sie werden ihre eigenen Wege gehen, was die Eltern immer auf eine Art beschäftigt. Wenn sie nach sieben Jahren die Million dank Bodo Schäfers »Superfachwissen« auf dem Konto haben, dann werden sie sich endgültig sicher fühlen.

Verzweifelt werden sie neue Herausforderungen suchen. Den Mount Everest stürmen, Bungee-Jumping vom Eiffelturm machen, 200 Kilometer wandern an einem Tag.

Es wird ihnen wenig nutzen. Hätten sie sich ein bisschen mehr Zeit gelassen, ihr Leben zu finden, dann wäre das alles nicht passiert. Jetzt ist es spät, aber noch nicht zu spät.

Mit 30 Jahren haben sie alles erreicht, was so ein Menschenleben an Absicherung erfahren kann. Jetzt gilt es für den Mann, 40 Jahre lang zu verwalten.

Die Frau könnte es ein bisschen »härter« treffen. Sie wird in der Regel älter als der Mann.

Gruppenbild mit Hund

Der alte Mann saß auf der Bank und genoss sein Abendpfeifchen. Er hatte extra jene am Waldrand ausgesucht, da er seine Ruhe haben wollte.

Plötzlich tauchte eine Gruppe älterer Damen auf. Ein Hund war ihr Begleiter. Der Arme war nicht zu beneiden. So wie die drei Damen ihn behandelten, wäre er wohl am liebsten davongelaufen. Die Leine, an die er angekettet war, hinderte ihn daran.

»Ja, was macht er denn, mein Hundi, tut er brav neben seinem Frauchen herlaufen«, sagte die eine.

Sie sah aus wie eine Stadtdame. Gepflegt, kultiviert, was die Aussprache anbetraf, und ein Gocks schmückte ihren Kopf.

Drei »alte Schachteln« auf Tournee auf dem Land, dachte der alte Mann und stopfte seine Pfeife nach. Sie registrierten ihn auf der Bank nur am Rande. Er sah nicht aus wie Karl Schönböck und war deswegen für die drei Damen uninteressant. Der alte Mann hatte sein ganzes Leben lang als Landwirt gearbeitet.

Ihm war es nicht vergönnt gewesen, in den Guldenburgs den Grandseigneur zu spielen.

Plötzlich zog eine der Damen einen Fotoapparat aus der Lederhandtasche und wollte ein Bild der beiden anderen mit Hund machen. Sie stellten sich in Pose, der Hund hielt die Ohren steif und bellte.

Der Fotoapparat wollte nicht funktionieren.

»Ich krieg jetzt gleich die Krise«, sagte die Annie Leibovitz in spe.

Die beiden anderen wussten auch nicht Bescheid. Der alte Mann bot seine Hilfe an.

»Da, versuchen Sie mal, Sie sehen aus, als ob Sie technische Fähigkeiten hätten.«

»Ich war Landwirt, mein ganzes Leben lang, aber ein Foto machen, das dürfte für mich kein Problem sein.«

Die vier Objekte nahmen erneut Position ein und Haltung an. Der alte Mann drückte ab und alles funktionierte wunderbar. Just in jenem Moment, als er abdrückte, machte der Hund auf den Lackschuh des linken Fußes der Dame mit Gocks. Sie war empört und schimpfte den Hund aus.

»Der Auslöser muss geklemmt haben«, sagte sie.

Erst machte ihr ein Landwirt in punkto Technik etwas vor und dann machte ihr der eigene Hund auf den Schuh. Der Landwirt hatte seine Schuldigkeit getan, der Landwirt konnte gehen. Ohne ein Wort des Dankes zu bekommen.

Solche Frauen wie die werden auch behaupten, dass ihr Enkel das Abitur bestanden hat, selbst wenn er in Wahrheit, was ehrenwert ist, bei der Städtischen Müllabfuhr arbeitet, dachte der alte Mann, setzte sich wieder auf die Bank und rauchte weiter.

Er schaute der Dame dabei zu, wie sie mit ihrem teuren Kaschmirschal die Hundekacke von ihrem Schuh wischte, und amüsierte sich köstlich.

Es empfiehlt sich doch ab und zu, Tempos dabeizuhaben, dachte er, und nahm einen tiefen Zug aus seiner Pfeife.

Räumungsverkauf der Vorurteile

An irgendeinem Tag, ich weiß nicht mehr das genaue Datum, beschloss ich, alle Vorurteile, die still und leise in mir schlummerten, abzulegen. Ich fasste einen Plan. Es sollte dabei genauso zugehen wie bei einem Räumungsverkauf. Der Laden namens Vorurteil macht dicht und die Ware, die kleinen Verästelungen des Vorurteilsstammbaumes, müssen weg.

Als ich morgens am Bahnhof stand und die Manager sah, die schon am hellen Morgen mit dem Handy in der Hand VIP spielen mussten, dachte ich nicht mehr, dass sie arrogante Typen waren. Ich dachte, dass sie eben ein Problem hatten. Das war's. Hatten wir, jeder Einzelne von uns, nicht eine Menge davon? Ich hatte jedenfalls einige.

Der erste Landstreicher, der in der S-Bahn mit einer Bierflasche in der Hand saß, verleitete mich nicht mehr zu dem Gedanken, dass er ein Versager war. Ich kannte seine Geschichte nicht, aber selbst wenn ich sie gekannt hätte, so hätte ich immer noch nicht das Recht gehabt, so etwas von ihm zu denken.

Waren wir nicht alle irgendwie mehr oder weniger Versager? Jeder von uns hatte schon versagt. Der eine häufiger, der andere seltener. Was spielte die Anzahl für eine Rolle? Unsere Leben waren alle zu einem nicht zu unterschätzenden Teil durch die Mühlen des Scheiterns gedreht worden.

Ob wir nun eine schöne Flanellhose trugen, dazu ein schickes Hemd mit Schlips dran und ein Jackett, und den integeren Menschen verkörperten, oder ob wir in der Erscheinungsform des Landstreichers vorkamen, der einfach aufgegeben hat. Für mich spielte das keine größere Rolle mehr.

Natürlich wollte ich auch kein Landstreicher sein und gab mein Bestes, es nicht zu werden. Das einzige, was mich davor schützte, war mein Respekt vor mir selbst. Andere, und was sie dabei hätten denken können, wenn ich als Landstreicher in der S-Bahn gesessen hätte, spielten keine Rolle mehr.

Die Frauen, die körperlich nicht perfekt waren, bekamen auch ein ehrlich gemeintes Lächeln von mir. Ich hatte gelernt, dass die Frauen, die perfekt aussahen, mein Lächeln nicht mehr verdient hatten als die anderen. Warum auch? Schließlich war der Charakter das Wichtigste, was einen Menschen ausmachte. Das war bei Frauen nicht anders als bei Männern.

Mein Räumungsverkauf ging weiter. Um alle Einzelteile meines Vorurteilsgeflechts, die ich loswurde, aufzuzählen, hätte ich einen neuen PC kaufen müssen, da die Speicherkraft vermutlich nicht ausgereicht hätte.

Am Ende war ich so gut wie vorurteilsfrei und konnte nahezu jedem Menschen ordentlich gegenübertreten.

Dieses »so gut wie« bedarf einer Erklärung. Die Tatsache, dass das Zusammenleben mit Menschen manchmal eine verdammt harte Probe war, war kein Vorurteil. Es war einfach so und es würde immer so bleiben.

Einmal Liebe, bitte!

Ich bin eine Geschichte. Eine, die sich nicht kurz nebenbei erzählen lässt. Mich zu verstehen, das erfordert Zeit, Geduld und ein hohes Maß an Einfühlungsvermögen. Zeit hat keiner mehr. Geduld ist eine Eigenschaft, die Menschen kaum mehr besitzen müssen, wo viele davon überzeugt sind, dass ihnen alles sofort zusteht. Schließlich haben sie genug dafür getan. Wenn das andere wieder anders sehen, dann ist das natürlich falsch. Ich bitte dich, sagen sie dann immer, auf andere höre ich schon lange nicht mehr. Den Nebensatz, seit ich beschlossen habe, dass ich alles richtig mache, vergessen sie alle bei ihren Anmaßungen. Das Einfühlungsvermögen möchte ich gar nicht näher erwähnen.

Dieses Wort wurde mit Einführung der Rechtschreibreform beerdigt. Man hatte beschlossen, es ohne den Buchstaben h zu schreiben, und da man sich als Mensch, der im Leben durchkommt, das Zeigen von Gefühlen angeblich verbieten muss, hat man es gleich abgeschafft.

Ich war bei der Beerdigung dieses Wortes dabei. Ein Eisregen prasselte vom Himmel herab. Die Temperatur lag bei fünf Grad unter null. Ein paar kleine, untersetzte Männer in schwarzen Anzügen waren anwesend. Sie standen mit versteinerten Mienen vor der Graburne, in der der verbrannte Duden vor sich hin aschte. Die Frauen der Männer, die in deren Schatten standen, weinten. Die Männer ermahnten die Frauen. Sie sollten sich nicht so haben. Schließlich hätten sie sich die Entscheidung nicht einfach gemacht. Was sein musste, das musste eben sein. Zum Wohle aller, fügte einer der Männer hinzu. Die Frauen beruhigten und fügten sich, ließen sich von der anerzogenen Meinung, ein Mann wisse schon, was er mache, ein weiteres Mal hinters Licht führen, und die Männer waren zufrieden.

Das menschliche Verhalten hätten sie gleich mitbeerdigen können. Heutzutage kann man sich sowieso kaum entscheiden, wie man sich verhält. Es gibt keine Vielfalt des Verhaltens mehr. Wir brauchen Menschen, die alle an einem Strang ziehen. Damit die Welt funktioniert und jeder ein großartiges Leben hat. Sich ein Haus bauen kann, zwei schicke Autos in der Garage stehen hat und mindestens fünfmal pro Jahr in den Urlaub fahren kann. Unterhalb der Malediven muss man ja beim Nachbarn die Klappe halten, um sich nicht zu blamieren. Ich bitte dich, wer macht heutzutage noch Urlaub auf Sylt. Die leben doch hinter dem Mond, sagen sie immer, die Urlaubsprofis.

Dass dies alles wenig mit einem großartigen Leben zu tun hat, erkennen die meisten nicht. Der Spruch, dass man die wichtigsten Dinge im Leben nicht kaufen kann, ist ebenso alt wie richtig. Trotzdem erfreut sich diese Lebensweisheit keiner besonderen Beachtung.

Da manche Menschen weder Zeit, Geduld noch Einfühlungsvermögen haben, und es sich deshalb nicht lohnt, meine Geschichte zu erzählen, bringe ich mein Anliegen auf einen gemeinsamen Nenner. Ich plädiere für die Liebe. Wie ein Staatsanwalt, der ein Plädoyer hält.

Anfangen sollte diese Liebe mit einer Freundschaft. Dabei darf man ruhig auch ein klein wenig verliebt sein. Wenn die Liebe am Anfang weniger groß ist, vernebelt sie nicht alles. Der klare Blick bleibt. Sie soll wachsen, diese Liebe, wie ein zartes Pflänzchen. Einige Monate lang sich gegenseitig den Bauch streicheln, damit man den Körper des anderen kennenlernt. Gemeinsam im Bett liegen und sich halten, bis das Morgenrot den Tag ankündigt.

Eins werden. Die Kräfte vereinen. Zu einem großen Ganzen. Wieder loslassen. Sich wieder vereinen. Miteinander schlafen nicht ausgeschlossen.

EINMAL LIEBE, BITTE!

Farewell, Mathilda

Georg hatte Mathilda in einer Diskothek kennengelernt. Ihm war ihre Art zu tanzen aufgefallen, weil
sie sich so wesentlich von jener der restlichen Frauen
unterschied, die sich auf der Tanzfläche befanden.
Wild und exzessiv. Zwei Attribute, die wenig mit ihm
zu tun hatten.

Als sie eine Tanzpause einlegte, sich an die Theke
setzte und eine Cola bestellte, ergriff er seine
Chance.

Er sprach sie an, sagte ihr, dass ihm ihre Art zu
tanzen sehr gut gefiele. Sie unterhielten sich ein wenig. Mathilda fand Georg ganz nett. Sie schrieb ihre
Adresse auf einen Bierdeckel, schob ihn zu ihm hin
und ging erneut tanzen.

Georg tanzte nicht. Er wartete darauf, dass sie wieder von der Tanzfläche zurückkäme. Mathilda tanzte
sich in einen Rausch. Sie hörte nicht mehr auf, sich
zum Rhythmus der Musik zu bewegen.

Georg wartete eine Stunde. Dann ging er. Ein selt-
sames Gefühl überkam ihn, als er die Diskothek verließ. Es war für ihn höchst ungewöhnlich, dass ihm
eine Frau, die er erst ein paar Minuten kannte, ihre
Adresse gab und keinen Ton dabei sagte.

Am Nachmittag des nächsten Tages fuhr er mit seinem Sportwagen zu ihr. Sie wohnte alleine in einem
großen Haus. Am Schildchen der Türglocke stand ihr
Name. Mathilda Krauser.

Georg klingelte und sie öffnete ihm die Türe.

»Hallo, ich habe mir gedacht, dass du kommst.«

Sie bat ihn herein und schenkte ihm ein freundliches Lächeln.

»Du wohnst alleine hier?«

»Ja. Mein Vater hat mir das Haus überlassen. Kurz nach der Schule bin ich eingezogen.«

»Du hast das Haus geschenkt bekommen?«

»Nein. Er hat es mir überlassen, damit ich ein Dach über dem Kopf habe. Ich wollte von zu Hause weg, hatte aber kein Geld. Das ist alles.«

Mathilda bot ihm eine Tasse Kaffee an und ließ ihn eine Gauloise Blonde aus der blauen Schachtel ziehen.

»Ich rauche nicht gerne alleine. Das macht so einsam.«

Sie wollte nichts von ihm wissen. Nicht, wer er war, nicht, woher er kam und nicht, was er machte. Georg stellte eine unangenehme Frage. Er fragte sie, warum sie nichts mache. Mit einem Schulabschluss in der Tasche könnte sie doch einen Ausbildungsplatz suchen gehen. Sie antwortete nicht, drehte ihm den Rücken zu, stellte sich etwas entfernt von ihm hin und rauchte eine weitere Zigarette.

»Entschuldige, ich wollte nichts sagen, was dich verletzt.«

»Hast du aber.«

»Arbeit bedeutet in erster Linie, Geld zu verdienen.«

Er konnte nicht aus seiner Haut, konnte sein wahres Ich nicht verstecken.

»Ich möchte, dass du jetzt gehst.«

»Warum?«

»Menschen, die keinen Anspruch an eine Arbeit haben und nur über etwas Bescheid wissen, das vier Buchstaben hat und mit einem G beginnt, öden mich an.«

Georg ging.

Ein paar Wochen später las er in der Zeitung, dass in einem Haus, ganz in der Nähe, eine junge Frau tot aufgefunden worden war. Sie hatte einen Infarkt gehabt und war eines natürlichen Todes gestorben.

Georg stand in seinem niedlichen Feinrippanzügchen da, schlürfte an seiner Tasse Kaffee und schaute auf die Uhr. Er hatte keine Zeit für Sentimentalitäten. Er musste arbeiten gehen, seine Pflicht tun.

Farewell, Mathilda. Farewell und gute Reise. Nächstes Mal musst du ein bisschen länger durchhalten und etwas mehr Geduld haben, dann wird alles gut.

Bestimmt, Mathilda. Bestimmt.

Karl Schmitz dreht durch

Karl Schmitz war über Nacht prominent geworden. Er hatte drei Bankräuber in seinem Heimatdorf Schneckenbach bei einem Überfall auf die örtliche Sparkassenfiliale in die Flucht geschlagen.

Nachdem alles glimpflich abgelaufen war – keinem der Angestellten war etwas passiert, die Täter wurden auf der Flucht gefasst – war Karl Schmitz der Held. Lokale und überregionale Radio- und Fernsehstationen interessierten sich für seine Heldentat.

Seine Frau Irmtraud kleidete ihn ordentlich ein. Karl Schmitz war es nämlich nicht gewohnt, schick angezogen zu sein. Er war der erfolgreichste Landwirt in ganz Schneckenbach. Da blieb nicht oft Zeit für das Vergnügen. Arbeit hatte oberste Priorität.

Wenn ihr Karl schon in Radio und Fernsehen war, und Schneckenbach und die ganze Welt daran Anteil nahmen, dann musste er wie aus dem Ei gepellt aussehen.

Die Moderatoren stellten immer wieder dieselbe Frage. Wie es Karl Schmitz geschafft habe, die Täter in die Flucht zu schlagen.

»Ha, des isch ganz oifach gweh, i han gsait, dass se ganga sollet, sonst tät i ihne an Backa nohschlaga.«

Dieser Satz ging um die Welt. In einem Dorf wie Schneckenbach hatte ein Landwirt drei Bankräuber in die Flucht geschlagen. Mit einem Spruch, der mit erzieherischen Maßnahmen in ländlichen Gebieten zu tun hatte.

In New York City bemühten sich die Menschen, Schwäbisch zu sprechen. In Shanghai wurden T-

Shirts mit der Aufschrift »Backa nohschlaga« gedruckt und millionenfach verkauft.

Karl Schmitz musste seinen Satz in den Medien insgesamt 70 Mal aufsagen. Nachdem er die deutsche Medienlandschaft abgegrast hatte, bekam er eine Einladung von David Letterman. Amerika rief Karl Schmitz.

Das Versorgen der Kühe überließ er Irmtraud. Plötzlich war Karl Schmitz aus Schneckenbach weltbekannt. Der Rummel wurde ihm zu groß. Zurück in Schneckenbach fing er an, seine Kühe zu beschimpfen. Der Ruhm war ihm zu Kopf gestiegen. Irmtraud arbeitete hart und Karl ruhte sich vom Rummel aus. Arbeitsteilung à la Neu-Guinea.

Als er Fiffy, den kleinen Cockerspaniel, im Affekt an die Wand geworfen hatte, weil dieser nicht aufgegessen hatte, was im Napf war, zeigte Irmtraud ihren Mann an. Es kam zur Verhandlung in Sachen Schmitz gegen Schmitz. Karl hatte Irmtrauds Lieblingstier getötet. Brutal an die Wand geworfen. Das war nicht zu entschuldigen.

Karl wurde wegen Tiermissbrauchs zu einer Woche Löwenkäfig verdonnert. Wegen mildernder Umstände wurde auf den Einsatz von Löwen verzichtet. Irmtraud ließ sich von ihm scheiden. Das Medieninteresse ließ nach. Die letzte Schlagzeile hieß: »Karl Schmitz, der Freund des Bankgewerbes, nach Tiermissbrauch in Löwenkäfig eingesperrt.«

Karl Schmitz war am Ende der Fahnenstange angelangt. Seine Enkelin Britta wünschte sich im Radio für ihren Opa ein Lied.

»Einmal Star und zurück.«

Die Rache des speienden Kruges

Du bist nichts und du kannst nichts. Du bekommst keinen Job, kein Geld, keine Beachtung und somit kein Glück. Glück muss man sich verdienen und du hast nichts verdient. Mit deiner Intelligenz kommst du nicht weit, wie ich sehe. Die Mädchen bekommen andere ab, die cleverer sind. Du bist naiv, lebst hinter dem Mond. Dinge, die du zu können glaubst, sind schon beerdigt worden, bevor es dich gab.

Füge dich in deine Rolle. Lass zu, dass die anderen auf dich einprügeln. Wenn es einer verdient hat, dann du. Um den Hufschmied hast du immer einen Bogen gemacht, weil er dir nicht geheuer war. Die anderen haben sich alle ein Hufeisen abgeholt. Geduldig haben sie darauf gewartet. Geduld zahlt sich immer aus.

Schau zu, wie du dein Leben fristest. Wer das planbare Glück verschmäht, der hat nichts Besseres verdient. Du bist gescheitert. Und jetzt geh sterben. Ich gebe dir den Gnadenschuss.

Das Überdu wirft das Du als nutzloses Krugobjekt in den Brunnen. Das Du bricht und ertrinkt. Das Überdu, dieses Schwein, freut sich. Endlich hat es die größte Gefahr, die ihm drohte, ausgelöscht. Als es oben steht und zum Brunnen hinabschaut, kommt ihm ein Strahl heiße Lava entgegen. Das Überdu schreit laut auf und verbrennt jämmerlich. Die menschliche Wärme des gestorbenen Dus hat seinen Peiniger erledigt. Dieses kalte Nichts hat nicht einmal existiert, obwohl es am Leben war. Jetzt ist es tot.

Die Rache des Du war süß, aber vergebens. Ein Nichts, einen Niemand, kann man nicht töten. Es hat nie existiert.

Blick aus dem Fenster eines Antiquariats

Die Sonne scheint und bildet einen breiten Lichtstreifen auf dem Boden. Der Kopfschmuck des Ladens, der in Form einer Markise vorsteht, verdeckt zum großen Teil die Sicht auf die Menschen hinter der Scheibe. Ich sehe lediglich die Beine der Menschen. Eine Frau steht da, was ich daran erkenne, dass sie Pumps und schwarze Strümpfe trägt.

Ihr Mann kommt aus einem Heißmangelladen heraus und bringt die Kleidung herbei, die die beiden brauchen, um beim nächsten Presseball, zu dem er mit Gattin eingeladen sein wird, kleidungstechnisch zu überzeugen. Sehen und gesehen werden. Das Motto ist Lebensart. Die Schale zählt auf den ersten Blick mehr als der Inhalt, der entscheidet.

Die Anwesenheit der Frau in diesem Lichtkegel erzeugt Schatten. Der Mann steht neben ihr, im Schatten seiner Frau. Sie hat Hosen an. Wenn das kein schlechtes Omen ist.

Igitt! Ihr doch nicht!

Mareike war 24 Jahre alt und wohnte bei ihren Eltern. Es war bereits Sonntag, als sie spät aus der Diskothek nach Hause kam. Ihr Zimmer lag neben jenem ihrer Eltern. Mareikes »ältere Herrschaften« waren jenseits der 60, in jenem Alter, in dem Töchter wie Mareike ihren Eltern nichts Sexuelles mehr zutrauten.

Mareike hörte ein weibliches Wimmern aus dem Schlafzimmer der Eltern. Ein leichtes Ekelgefühl überkam sie. Die werden doch nicht etwa ..., dachte sie. In der Diskothek war der Song »Poppschutz« der Renner gewesen.

»Den werden sie ja wohl nicht mehr brauchen«, sagte Mareike verärgert vor sich hin.

Mareike war neidisch. Richtig eifersüchtig auf ihre Eltern. Sie hatte in der Diskothek wieder einmal vergeblich nach einem geeigneten Partner Ausschau gehalten.

Sie malte sich aus, wie ihre Mutter vor Erregung Lustlaute von sich gab. Das konnte nicht sein. Ihre Mutter, die schon rot wurde, wenn sich im Traumschiff ein Pärchen küsste. Sie malte sich weiter aus, wie ihr Vater zum feurigen Liebhaber wurde. Ihr Vater, der nicht gerade das Aussehen eines Udo Jürgens sein Eigen nennen konnte.

Die Töne aus dem Schlafzimmer waren jedoch eindeutig. Mareike stellte sich vor, wie ihr Papa mit seinem Bauch, den nicht nur Bier geformt hatte, auf ihrer Mutter lag. Unten konnte er nicht liegen, weil unten seiner Ansicht nach die Verlierer waren. Beim Sex gab es jedoch im Idealfall zwei Gewinner.

Ekelhaft, dachte Mareike. So ganz und gar nicht wie aus dem Men's-Health-Magazin. Mutter mit ihrer Orangenhaut sollte es sich langsam selbst verbieten, Sex zu haben. Dessen war sich Mareike sicher.

Sie konnte ihre negativen Gefühle ihren Eltern gegenüber nicht kanalisieren und stürmte ins Schlafzimmer, ohne vorher anzuklopfen. Schon stand sie mitten drin und sah, da sie das Licht angeknipst hatte, ihre Vermutungen bestätigt.

»Sag mal, schämt ihr euch denn nicht, in eurem Alter«, sagte sie, »ich wollte nur ein Handtuch im Schrank holen, im Bad ist keins mehr.«

Mareikes Vater schaute mit seinen kleinen nachtaktiven Äuglein, die die Grellheit des Lichtes überrascht hatten, auf, erhob sich aus dem Bett, lief mit einer Wut in Bauch und Gesicht auf Mareike zu und schob sie aus dem Schlafzimmer.

»Was bildest du dir eigentlich ein? Glaubst du etwa, deine Eltern sind asexuelle Aliens, oder was? Du solltest dich was schämen, Mareike.«

Ihr eigener Frust, keinen Mann abzubekommen, kam doppelt schmerzhaft in Form eines Bumerangs zurück. Hätte sie diese Aktion bloß sein lassen!

Ihre Eltern ließen sich nicht stören und liebten sich weiter. Sie machten das schon richtig. Mareike ging zum Kühlschrank, holte eine Flasche Sekt heraus und betrank sich sinnlos.

Am nächsten Morgen sagte sie ihren Eltern, dass sie ausziehen werde. Vor das Verb »ausziehen« fügte sie ein »bald« hinzu.

Er liest ihretwegen Kant und sie macht es mit einem Gigolo

Florian hatte sich in Veronika verliebt. Sie hatte in der S-Bahn gesessen und Kant gelesen. Endlich eine Frau mit Hirn, mit Grips, dachte er. Florian studierte im dritten Semester Jura.

Florian sprach sie an.

»Aufklärung ist spannend, stimmt's?«

Sie blickte von ihrer Lektüre auf und lächelte.

»Wie man's nimmt«, sagte sie.

Die beiden stiegen an derselben Haltestelle aus. Florian lud Veronika zu einer Tasse Kaffee ein. Sie saßen in einem Café und redeten über Gott und die Welt. Florian zeigte Veronika deutlich, dass er sie als Freundin haben wollte.

Eine Woche später hatte er sein Ziel erreicht. Veronika war Florians Freundin. Mit allem, was dazugehörte.

Veronika war glücklich. Florian auch. Ihr Glück hielt nicht lange, da Veronika Florian betrog.

Sie hatte einen dekadent teuflischen Plan geschmiedet. Sie schlief mit dem gut gebauten Marco, dem Unterhosenmodel und Verkäufer von Kosmetika. Zum selben Zeitpunkt lud sie Florian zu sich ein. Er kam und überraschte die beiden in flagranti.

»Darf ich vorstellen, Florian, das ist Marco. Er kennt sich mit Lippenstiften und Cremes aus und präsentiert Unterhosen.«

Florian stellte sich in die Mitte des Zimmers,

stemmte seine Arme in die Hüften und brüllte wie am Spieß.

»Ich habe mir gestern extra ein Buch von Kant gekauft. Ich lese deinetwegen Kant und du machst es mit einem dahergelaufenen Gigolo! Ich fasse es nicht!«

»Beruhige dich doch, Florian. Ich möchte eben keinen intellektuellen Mann haben.«

Veronika lächelte und küsste Marco.

Florian ergriff die Flucht, setzte sich in ein Café und trank Unmengen Bier, um seine Verletzung zu betäuben.

Einige Wochen später lernte er eine Buchhändlerin kennen. Sie war eine Verkäuferin, aber sie kannte sich mit inhaltvollen Büchern aus und nicht mit Lippenstiften, Cremes und Unterhosen wie dieser Marco.

Ansicht über Bord

Der Kapitän lief über das Schiffsdeck des Lebens. Er entdeckte, dass eine seiner Ansichten fehlte. Sie war nicht mehr da. »Ansicht über Bord!«, rief er. Seine Crew kam aus allen Ecken und Enden des Schiffes herbeigeeilt.

»Was gibt's, Kapitän?«, fragten sie im Chor nach.

»Eine meiner Ansichten ist nicht mehr da. Sie ist über Bord gesprungen. Ich möchte sie wiederhaben. Holt sie zurück.«

Die Crew rüstete sich seetauglich aus und sprang in ausreichender Anzahl ins Wasser. Der Kapitän stand nervös am Ruder und hielt nach seinen Männern Ausschau.

Als eine ausreichende Menge an Zeit verstrichen war, orderte der Kapitän seine Mannschaft zurück an Bord.

»Und, hat irgendjemand etwas gefunden?«

»Keine Ansicht in Sicht gewesen, Kapitän«, sagte die Crew in einem langatmigen Chorsingsang.

»Das kann nicht sein. Ohne diese Ansicht bin ich aufgeschmissen. Die gesamte Crew nochmals über Bord. Weitersuchen!«

Die Besatzung folgte seinen Anweisungen. Es verstrich wieder eine Menge Zeit. Er verdoppelte die Suchzeit und pfiff die Mannschaft zurück.

»Und, ist die Ansicht jetzt endlich aufgetaucht?«

»Keine Ansicht in Sicht gewesen, Kapitän.«

»Ihr elendigen Versager. Geht mir aus dem Weg. Dass man auch alles selbst machen muss.«

Der Kapitän bahnte sich einen Weg durch die Matrosenmenge, zog eine Taucherausrüstung an und tauchte in die Tiefe des Meeres ein.

Trotz der Beleidigung warteten die Matrosen gespannt auf die Rückkehr des Kapitäns. Er kehrte nicht zurück. Die Matrosen suchten stundenlang nach ihm. Vergeblich.

Hätte der Kapitän auf seine alte Ansicht verzichtet und eine neue daraus gestrickt, wäre er am Leben geblieben. So war er immerhin ein Held. In Ausübung seines Berufs ums Leben gekommen. Ehre, wem Ehre gebührt, dachten die Matrosen und ordneten eine Seebestattung an.

Das Leben des Bernie Deppner

Bernie Deppner hielt sich für einen Versager. Er glaubte, dass seine Gene so zusammengemixt waren, dass aus ihm nur ein Versager werden konnte. Von klein auf sah man ihn als dickes, dummes Kind. Im Kindergarten nannten sie ihn »Fetti« und in der Schule waren die Mitschüler noch mieser zu ihm. Dort war er für alle nur der »Hirnloskloß«.

Eines Tages beschloss Bernie, ekelhaft zu werden. Er wollte sich durch seine Ekelhaftigkeit Respekt verschaffen. Bernie war jedoch zu dick und die Jungen, die ihn immer »Hirnloskloß« nannten, rannten ihm davon. Äußerst selten gelang es ihm, einen zu schnappen und ihn ordentlich zu verhauen. Hinzu kam, dass Bernie die Klugheit fehlte.

»Iss jeden Tag einen Teller Hirnsuppe und sage abends vor dem Einschlafen dreimal ›Herr, gib Hirn‹ vor dich hin«, hatte ihm einst Herr Klugmann, ein besonders schlauer Lehrer, geraten. Mit diesen blöden Tipps hatte Klugmann stets die Lacher in der Klasse auf seiner Seite gehabt.

Als in der sechsten Klasse die Sache mit den Mädchen langsam aber sicher interessant wurde, hatte Bernie wiederum keine Chance. Er bemühte sich nicht sonderlich um ihre Gunst. Warum auch? Sah er doch jeden Abend in der Werbung, welche Typen bei den Mädchen in waren. Man musste einfach durch und durch schön und positiv sein. Was war an ihm schon schön und positiv? Sein rundes Gesicht mit Doppelkinn, das er von seinem Vater geerbt hatte, die Fettpolster seines dicken Körpers, oder gar sein Name, der geradezu optimal zu ihm passte? Nichts, aber auch gar nichts veranlasste die Mädchen, ihn zu beachten.

Bernies Leben war einfach langweilig. Die Höhepunkte seines Tagesablaufs waren das Essen und die Flimmerkiste. Mit seiner unterdurchschnittlichen Auffassungsgabe kapierte er nahezu nichts, was dort gesendet wurde.

Seine Eltern arbeiteten den ganzen Tag über und kümmerten sich nicht um Bernie. Geschwister hatte er keine, und das war gut so. Vermutlich hätte er sie nur schlecht behandelt mit seiner Ekelhaftigkeit.

So verging Jahr um Jahr im Leben des Bernie Deppner. Mit Mühe und Not hatte er den Abschluss in der neunten Klasse geschafft, aber auch nur, da es die hässliche Susi gab. Sie trug eine ekelhafte Brille mit Gläsern, die so dick waren wie der Boden einer Milchflasche. Susi war ebenfalls fett, aber im Unterschied zu Bernie verstand sie mehr vom Schulstoff. Sie half ihm bei den Klassenarbeiten in den entscheidenden Momenten, wofür er ihr ab und zu einen Lolli schenkte.

Nach seinem Schulabschluss machte Bernie eine Lehre als Maurer. Dort war er, wie sollte es auch anders sein, schon wieder der Gelackmeierte. Die ganze Zeit über durfte er nur Vesper holen und schwere Steine schleppen. Wenigstens bezahlte man ihn ordentlich dafür. Bernie konnte sich bald ein gebrauchtes Auto leisten, was ihm dennoch keinen Bonus bei den Mädchen einbrachte. Bei den schönsten und eingebildetsten brauchte man mindestens ein Golf Cabriolet, um sie einmal ins Kino begleiten zu dürfen.

Bernies Leben verlief jetzt noch langweiliger. Arbeiten, essen, onanieren und schlafen. Das waren seine Lebensinhalte. Täglich zog er sich, neben seinem gewöhnlichen Fernsehkonsum, mindestens ein Actionfilmvideo rein, weil er es geil fand, wenn es »bum bum« machte und einige plattgemacht wurden.

Als er 20 Jahre alt geworden war, wog er stolze 110 kg bei einer Körpergröße von 1,70 m. An einem heißen Sommertag hatte Bernie zum ersten Mal in seinem Leben eine »geniale Idee«. Er wollte reich werden, ohne zu abreiten. Bernie begann, Systemlotto zu spielen.

Jahrelang spielte er ohne Erfolg, bis zum ersten Samstag im August 1992. Er saß vor der Glotze und schaute sich die Ziehung der Lottozahlen an. Die schöne blonde Frau, Sie wissen schon, gab das Startkommando zu seinem persönlichen Glück. Bernie hatte sechs Richtige, und es brachte ihm mehr als zehn Millionen ein. Von nun an wollte er, Bernie Deppner, es der Welt zeigen.

Er kündigte seinen Job als Maurer. Bernie hatte es nicht mehr nötig, zu arbeiten. Das überließ er den Dummen, solchen wie Herrn Klugmann, der ihn einst veräppelt hatte. Während Klugmann sich mit frechen Schülern herumzuplagen hatte, genoss Bernie das Leben in vollen Zügen. Er war von zu Hause ausgezogen und hatte sich am Stadtrand einen tollen

Bungalow mit Swimmingpool errichten lassen. Bernie stellte sechs Hausangestellte ein. Darunter zwei Chauffeure. Sie hatten einzig und alleine die Aufgabe, sich rund um die Uhr um sein Wohl zu kümmern.

Es veränderte sich einiges im Leben des Bernie Deppner. Die Leute grüßten ihn plötzlich freundlich, wo sie früher noch der Meinung gewesen waren, dass man Menschen wie ihn besser im Keller verstecken sollte. Die Mädchen, die ihn einst keines Blickes gewürdigt hatten, waren auf einmal nett zu ihm. Einige fanden Bernie sogar sexy und zogen ihn jedem anderen, noch so hübschen Jungen vor.

Er war begehrt wie nie zuvor und nutzte es aus. Wenn er Lust auf ein Mädchen hatte, das ihm gefiel, so holte Bernie es sich ins Bett. Natürlich nur die schönsten von den Schönen. Die Hässlichen hätte er vermutlich auch so haben können. Bernie verstand nicht, warum er plötzlich interessanter war als früher. Er war doch immer noch der fette, ekelhafte Bernie Deppner, den die Menschen einst dazu verdammt hatten, einsam und unglücklich zu sein. Dick sein und dazu noch eine Fratze haben, diese Kombination kam einfach nicht an, solange er kein Geld hatte. Jetzt war er jedoch gefragt, obwohl er immer noch ein rundes Gesicht mit Doppelkinn hatte und mittlerweile 125 kg wog.

Nicht Haferbrei macht sexy, wie Marty Feldman in einer Filmkomödie behauptete, sondern Geld. Ein paar Scheine von bedrucktem Papier waren dafür verantwortlich, dass Bernie plötzlich »everyone's darling« war.

Mit der Zeit wurde ihm dieses pompöse Leben zu langweilig. Das Leben als reicher Mann gab ihm keine Befriedigung. Bernie hatte dazugelernt und entdeckt, dass ihn die Leute nur seines Geldes wegen mochten. Um den Beweis für seine Vermutung zu haben, ließ er sich auf ein Spekulationsgeschäft ein, bei dem er alles verlor, was er besessen hatte. Er war wieder der unscheinbare, von niemandem beachtete Bernie Deppner. Wann immer er durch die Gegend lief, keiner nahm Notiz von ihm. Bei den Schönheiten der Stadt hatte er keine Chancen mehr.

»Bernie, wenn du keine Kohle mehr hast, um mich anständig auszuführen, dann kannst du mich gerne haben«, hatte ihm eine direkt ins Gesicht gesagt.

Bernie arbeitete wieder als Maurer, wohnte in Miete und war zufrieden. Er hatte ein Mädchen kennengelernt, das ihn, Bernie Deppner, mit all seinen Schwächen liebte. Sie hieß Marianne, war ebenfalls sehr korpulent und hatte ein großes Herz. Bernie pfiff auf all die Schönheitsideale und die traumhaft schönen Mädchen, die für ihn nur Utopie waren. Marianne gab ihm alles, von dem ein Mann nur träumen konnte. Er verdiente sein Geld auf ehrliche Art und Weise und sie kümmerte sich um Bernie Junior, den ganzen Stolz der Familie.

Die Leute hatten sich nach der Richtung des Windes gedreht, als Bernie seine Rolle spielte. Er jedoch war die ganze Zeit über Bernie Deppner gewesen, und er war stolz darauf.

Ich möchte haben

Ich möchte haben, einen Mann. Den habe ich schon. Dann ein Baby, dann ein Haus, dann ein eigenes Auto, dann viel viel Urlaub, dann eine Kreditkarte für mich allein.

Dann, dann, dann, dann, dann, dann.

Darf ich Sie kurz unterbrechen, Frau Schinderhannes. Ihr Mann ist beim Zuhören an einem Herzinfarkt gestorben.

Dann, dann, dann, dann, dann, dann.

Plötzlich schreit der Fötus aus dem Bauch der Frau: »Ich will haben!«

Der anwesende Reporter zückt sein Aufnahmegerät und nimmt dieses achte Weltwunder auf.

Dann, dann, dann, dann, dann, dann.

Der Reporter stopft der Frau ein Kissen in den Mund. »Ihr Kind hat geschrien. Es hat bestimmt Hunger«, sagt er und verschwindet mit seiner aufgenommenen Topstory.

Jahre später.

Dann, dann, dann, dann, dann, dann.

Die Aasgeier schwirren um die Eingeweide des Mannes herum. Er ist bis zur Unkenntlichkeit verwest. Der Reporter hat mit seiner Reportage eine Million Euro verdient und bräunt in seinem Haus auf Teneriffa seinen Bauch.

Dann, dann, dann, dann, dann, dann.

Die Frau kippt um. Der Akku ist leer.

Chronologie eines Korbes

Ein junger Mann ging eines Tages in ein Café. Dort fiel ihm sofort eine Kellnerin ins Auge. Sie hatte langes schwarzes Haar, ausdrucksvolle Augen und einen schönen Körper. Sie war sehr nett und der junge Mann verliebte sich in sie. Er glaubte noch, und darin unterschied er sich von vielen anderen Menschen, an die große Liebe. Oft war er auf dem »Schlachtfeld der Liebe«, wie es Pat Benatar treffend besang, verletzt worden. Er war sich dieses Mal sicher, die große Liebe gefunden zu haben, und verließ guten Mutes das Café.

Einige Tage später kam sie in die Buchhandlung, an seinen Arbeitsplatz. Sie fragte ihn nach einem bestimmten Geschichtslexikon. Sie hatte vor, sich fortzubilden, was ihm imponierte. Aha, eine Frau mit Niveau, eine mit Grips, nicht so eine Ballermann-tussie, dachte er. Er bediente sie freundlich, gab alles, was er hatte, wollte nett zu ihr sein, ihr zeigen, dass er sie mochte. Sein Verliebtsein durfte er jetzt noch nicht preisgeben.

Sein Fachwissen über Geschichtslexika reichte nicht ganz aus, weshalb er eine Kollegin hinzuzog. In einer Großbuchhandlung konnte man nicht alles wissen. Als sie ihr Lexikon hatte, verabschiedete er sich von ihr, und aus ihrem »Tschüs« hörte er mindestens zehn »Üs« heraus. Er deutete es als kleines Anzeichen dafür, dass auch er ihr nicht ganz egal war.

Wenig später kam sie wieder in die Buchhandlung

und ließ sich von ihm ein Geschenk einpacken. Er las, dass sie etwas Süßes für ihre Freundin in das Buch als Widmung hineingeschrieben hatte, was seine Bewunderung für sie ins Unermessliche steigen ließ.

Er ging immer öfter ins Café, sprach sie, da er etwas zurückhaltend war, nicht an. Jedes Mal schlich er enttäuscht von dannen. Nachts, wenn er einsam im großen Bett seiner 50-Quadratmeter-Mietwohnung lag und an sie dachte, schwor er sich, sie am nächsten Tag anzusprechen, sie zu irgendetwas einzuladen. Er schaffte es nicht, er hatte sie im Café mit anderen Typen schäkern sehen. Na ja, sie hat bestimmt einen Freund, so wie sie aussieht, dachte er.

Jeden Tag in der Buchhandlung wurde ihm das Glück zu zweit vorgeführt. Verliebte Pärchen schmusten vor seinen Augen und er fragte sich, was ihm zu diesem Glück fehlte, warum er immer der »einsame Wolf« sein musste. Natürlich schauten ihn die Mädchen an, er sah gut aus, zusammen sein wollten sie jedoch mit anderen Jungs.

»Ihn packt die Wut und es kotzt ihn an«, sang einst Kim Merz im Song »Saumäßig stark«. Dieses Gefühl überkam den Buchhändler auch. Er nahm seinen ganzen Mut zusammen und schrieb der Kellnerin ein paar Zeilen. Er machte ihr ehrlich gemeinte Komplimente, ehrlich gemeint deswegen, weil er wirklich in sie verliebt war. »Ich finde dich so toll« zu sagen, um zu einem One-Night-Stand zu kommen, war nicht seine Masche.

Er hatte ihr Komplimente über ihre Haare gemacht,

ausdrücklich betont, dass er es mochte, wenn sie sie offen trug.

Der Buchhändler machte den Fehler, dass er das Café längere Zeit mied. Irgendwie war sie auch nicht immer da. Es verstrich Zeit. Als er sie wieder sah, hatte sie sich die Haare abgeschnitten. Er überlegte sich, warum sie es getan hatte, wo er es doch mochte, wenn sie ihr Haar lang und offen trug. Na ja, vielleicht ist es im Sommer, wenn es heiß ist, angenehmer, wenn man die Haare kurz trägt, dachte er. Oder war alles nur ein psychologischer Effekt? Sie schneidet sich die Haare ab, weil sie eine Enttäuschung hinter sich hat. Sie sah auch mit kurzen Haaren gut aus.

Als er nicht mehr anders konnte, nahm der Buchhändler seinen ganzen Mut zusammen, sprang so weit über seinen Schatten, riskierte, warf alles in die Waagschale und schrieb ihr, dass er sich mit ihr treffen wolle. Zwei Tage später setzte er sich ins Café, aß Risotto, was er eigentlich gar nicht mochte, trank so viel, bis er einen Wasserbauch hatte, wartete auf den Moment der Momente. Er ging auf sie zu und fragte sie, ob er sich mit ihr treffen könnte. Er sah sich zusammen mit ihr Hand in Hand durch die Stadt schlendern.

Sie lächelte überlegen und sagte: »Eigentlich nicht.« Der Buchhändler wäre am liebsten gestorben, im Erdboden versunken oder sonst was. Er war völlig bloßgestellt, wahrscheinlich hatten es einige im Café mitbekommen, wie er sich lächerlich machte. Er war stark, blieb freundlich, reagierte nicht böse oder beleidigt, gab ihr ein ordentliches Trinkgeld und sagte anständig »Tschüs«.

Er fuhr in eine andere Stadt, wollte weg vom Ort seiner Schmach. Auf der Fahrt dorthin kam Sashas »We can leave the world behind«, danach Ultravox »Dancing with tears in my eyes«. Alles ganz zufällig.

Er ging in eine andere Buchhandlung, stellte sich vor das Regal mit den Jugendbüchern und erinnerte sich daran, dass er schon lange mal »Ben liebt Anna« von Peter Härtling lesen wollte. Er kaufte sich das Buch und erkannte sich in Ben wieder. Auch Ben liebte Anna, aber er blieb alleine.

Der Buchhändler fragte sich, warum die Kellnerin ihn abgelehnt hatte, und suchte die Gründe bei sich. Er war sich sicher, etwas falsch gemacht zu haben, bis ihn jemand darauf aufmerksam machte, dass es auch die Möglichkeit gab, dass ihre Ablehnung nichts mit ihm zu tun hatte.

Er gestand sich ein, das Problem nicht endgültig klären zu können, und vergaß sie.

Paris by Night

Gegen 20 Uhr kam Jean an jenem extrem schwülen Sommertag im Juli am Gare de l'Est in Paris an. Er stammte aus einem kleinen, verträumten Nest nahe der Lüneburger Heide, ein echtes Nordlicht war er jedoch nicht. In seinen Adern floss französisches Blut, seine Mutter Sophie war eine gebürtige Pariserin. Jeans Vater hingegen war Bremer, was sich auf ihn keineswegs übertragen hatte. Er war auf keinen Fall kühl und distanziert, was man den Menschen oberhalb des Weißwurstäquators oftmals nachsagte. Das feurige Temperament hatte er von seiner Mutter geerbt.

Er verliebte sich schon früh in die Stadt an der Seine. Als 18-jähriger junger Mann wollte er die Lebendigkeit der Stadt und ihrer Menschen in vollen Zügen genießen.

Nachdem er sich im »Relais Christine«, einem stattlichen Hotel, das einem Zweitwohnsitz ähnelte, niedergelassen hatte, ging Jean auf Tour. Einen Stadtplan benötigte er nicht. Er kannte Paris aus zahlreichen Besuchen mit der Familie in der Kindheit wie den Inhalt seiner Jackentasche.

Die Uhr zeigte eine Stunde vor Mitternacht an, als Jean eine Brasserie betrat. Auf dem Boulevard St. Michel herrschte um diese Zeit noch ein buntes Treiben. In der Brasserie war ebenfalls der Teufel los. Jean hatte sofort ein tolles Mädchen entdeckt, das etwas verlassen auf seinem Barhocker saß, ein Glas Sekt vor sich stehen hatte und sich zu langweilen schien.

Er schätzte sie auf Mitte 20 und ihre geballte Schönheit machte ihn total an. Sie hatte schulterlanges gelocktes Haar, das so braun war wie ihre verträumten Augen. Sie trug einen Body mit Paillettenbesatz und V-Ausschnitt, der ihre üppigen Brüste zu formvollendeter Blüte brachte.

Ein kurzer Minirock zeigte mehr, als er verdeckte. Ihre langen schlanken Beine hatte sie elegant übereinandergeschlagen und als Jean sich die Stelle, an der sich ihre beiden zarten Schenkel kreuzten, betrachtete, wurde seine männliche Fantasiewelt anregend aktiviert.

Jean bestellte sich ein Bier und entschloss sich, den Barhocker direkt neben ihr einzunehmen. Als er sich ihr näherte, kam ihm eine Parfümwolke entgegen, die frisch nach Fliederblüten duftete und seine Sinne verzauberte.

»Excusez-moi, Madame, est-ce que ce tabouret est libre?«, versuchte Jean in nahezu perfektem Französisch mit ihr ins Gespräch zu kommen. Sie schüttelte den Kopf und sagte ganz leise, in jedoch nicht zu überhörendem Schweizerdeutsch: »Schon wieder so ein Franzose, den ich nicht verstehe.«

»Ich kann auch deutsch mit Ihnen reden«, sagte Jean.

»Mein Gott, bin ich froh, endlich jemanden zu treffen, mit dem ich mich unterhalten kann«, sagte die hübsche Schweizerin sichtlich erleichtert.

»Ich bin die Angie und wie heißt du?«

Jean nannte ihr seinen Namen und erzählte ihr, dass es bestimmte Gründe für seine Affinität zu Paris gab. Angie, die in der Zwischenzeit ein neues Glas

Sekt vom freundlichen Wirt bekommen hatte, weilte so kurz nach der mittleren Reife für ein paar Tage just for fun zusammen mit ihrer Freundin in Paris.

»Wo ist denn deine Freundin?«, fragte Jean nach.

»Weißt du, die hat unterwegs einen hübschen Franzosen abgeschleppt. Sie steht auf diese Möchtegern-Delons, vor allem auf deren bestes Stück. So ist sie eben, und wir kommen miteinander klar.«

Jean war etwas überrascht von Angies derber Ausdrucksweise. Mein Gott, sie ist erst 17, dachte er sich. Eigentlich mochte er Mädchen, die direkt waren und sagten, was sie dachten.

»Und du bist nicht so wie deine Freundin?«

»Nee, aber einen tollen Fisch lasse ich mir auch nicht von der Angel nehmen«, sagte Angie.

Sie schaute Jean verführerisch an. Er beobachtete, wie sie mit ihren langen Beinen auf dem Barhocker aufgeregt hin- und herrutschte.

Ihre mit feschen Pumps bestückten Füße bewegten sich von oben nach unten, von links nach rechts, ein eindeutiges Anzeichen dafür, dass sie an Jean Interesse hatte.

Während Jean sie nochmals intensiv betrachtete und sich eine Gauloise in den Mundwinkel steckte, zog Angie mit einem Lippenstift ihre weichen Lippen nach, die an den Schmollmund der Bardot erinnerten.

Mittlerweile war es kurz vor Mitternacht und der Wirt, ein typischer Franzose mit Bärtchen, wies Jean darauf hin, dass er in wenigen Minuten zu schließen gedachte. Außer Angie und Jean war noch ein betrunkener Deutscher in der Kneipe, alle anderen Gäste waren bereits gegangen. Er lallte ständig den Ausspruch »Schnaps und Bier, das rate ich dir« vor sich hin.

»Komm, lass uns gehen«, schlug Angie vor.

»Wohin?«

»Weiß auch nicht, einfach weg von hier.«

Jean schlug Angie vor, sie mit ins Hotel zu nehmen. Sie war von seinem Vorschlag begeistert und er konnte ein Leuchten in ihren Augen erkennen, das viel Spielraum für die bevorstehende Nacht zu bieten schien. Angie war raffiniert, sie zeigte mit Blicken an, was sie von einem Mann wollte. Jean ließ alles auf sich zukommen und blieb locker. Er hatte seine ersten sexuellen Erfahrungen bereits hinter sich, was ihm Sicherheit gab. Mit 16 war er von einer 35-jährigen Geschäftspartnerin seines Vaters in die Geheimnisse der Liebe eingeweiht worden. Sein gutes Äußeres und sein Charme kamen bei der Damenwelt an, dessen war er sich bewusst.

Inzwischen war er mit Angie unterwegs zurück zum Hotel »Relais Christine«, wo er Quartier bezogen hatte. An der Rezeption angekommen, wedelte der Hotelmensch wild gestikulierend mit seinen Armen, als er Angie entdeckte.

»Impossible, impossible«, schrie er.

»C'est ma sœur«, versuchte Jean ihm klarzumachen. Der Portier glaubte ihm nicht, dass seine hübsche Begleiterin seine Schwester sein sollte, und zog eine Grimasse nach der anderen.

»Pour une seule nuit, s'il vous plaît. Demain, elle est

parti«, sagte Jean und knallte ihm einen 100-Franc-Schein auf den Tisch. Der Portier schaute sich um, steckte den Geldschein hastig in seine Jackentasche und händigte Jean seinen Zimmerschlüssel aus.

»Allez, allez«, sagte der Portier.

»Merci, monsieur«, sagte Jean und grinste.

Auf dem Zimmer wurden Jeans Vorahnungen bestätigt. Angie zog sich aus und nahm ein Bad.

»Bis später, mon cheri«, sagte sie und huschte in die Badewanne.

Sie warf Jean einen gierigen Blick zu. Wow, die hat Klasse, dachte er.

Er schaute aus dem Fenster seines Zimmers, das mit dem Rasen im Freien beinahe ebenerdig war. Etwas später kam Angie aus dem Badezimmer. Sie hatte sich noch nicht ganz abgetrocknet, einige Schaumbläschen benetzten ihre sanfte Haut.

»Jetzt will ich, dass du mich liebst, Jean, sonst werde ich dem Portier sagen, dass ich nicht deine Schwester bin, und das willst du doch nicht, oder?«

Jean war völlig verdutzt. Er stand da und rieb sich die Augen. Er fragte sich, ob er sich in der Realität befand oder ob er träumte. Angie machte es sich auf dem großen Bett bequem, präsentierte sich in erwartungsfrohen Posen und streckte ihm ihre wundervollen Hände einladend entgegen.

»Komm, mach mich glücklich«, hauchte sie Jean ins Ohr.

Jean wurde heiß, obwohl durch das geöffnete Fenster frische Abendluft von draußen ins Zimmer drang. Seine Jeans schien durch das Aufrichten seiner Männlichkeit zu platzen, nachdem ihn Angie mit gekonnten Griffen ans Hosentürchen scharfgemacht hatte.

»Komm, nimm mich«, sagte Angie stöhnend.

Na warte, dir werde ich es geben, bis sich die Balken biegen, dachte Jean.

Sie öffnete seinen Hosenschlitz, streifte ihm die Jeans von der Hüfte und entledigte ihn seines T-Shirts. Die schwarze Unterhose behielt er zunächst an, um der Gefahr einer verfrühten Ejakulation vorzubeugen. Angie hatte seine Notlage erkannt und zog ihm, nachdem er sich über sie gebeugt hatte, die Unterhose vom Leib. Sie bearbeitete seine dick angeschwollene Genusswurzel mit dem Mund. Es machte Jean sichtlich und hörbar Spaß, von ihr verwöhnt zu werden. Selbstzufrieden ließ er sich neben sie plumpsen, nachdem er sie beglückt hatte.

»Hey, das war aber noch nicht alles. Ich habe auch noch Lust, die es zu befriedigen gilt«, sagte Angie.

»Langsam, Angie. Ich bin kein Wasserschlauch, der reagiert, wenn jemand ›Wasser, marsch!‹ schreit.«

Angie lächelte verschmitzt.

»Du hast vielleicht Humor.«

Nachdem sich Jean etwas erholt hatte, fand das Liebesspiel seine Fortsetzung. Er beugte sich über sie und liebkoste sie an allen Stellen ihres Körpers, leckte an ihren großen Brüsten, umkreiste den Warzenvorhof und die Brustwarzen mit seiner Zunge und biss leicht in ihre Knospen. Jean streichelte sie überall, vergrub seinen Zeigefinger in ihrem Bauchnabel und leckte ihre dicht behaarte Mumu, die vor Lust zuckte und überquoll. Er behandelte Angie mit größter Sorgfalt, ganz so, wie es ihm seine 35-jährige Liebeslehrerin beigebracht hatte.

Sie nahm ihn auf und er befriedigte sie so gut, dass sie vor Lust mit ihren Händen auf die Matratze trommelte.

Jean verströmte sich in ihr, bis ihre Mumu den letzten Tropfen seines Saftes aufgenommen hatte. Angie war auch gekommen, was Jean wichtig war.

»Du bist ein geiler Liebhaber. Du hast dich angestrengt, und das ist genau das, was ich von einem Mann erwarte.«

»Das könntest du das öfters haben«, sagte Jean, noch etwas außer Atem.

»Vielleicht werde ich darauf zurückkommen. Aber jetzt muss ich gehen.«

Sie zog sich rasch an.

»Wieso gehen?«, fragte Jean erstaunt nach.

»Ich muss zu Gaby, meiner Freundin.«

Angie zündete sich eine Zigarette an und blies ihm den Qualm in kleinen Rauchringen ins Gesicht.

»Wieso das denn. Ich habe gedacht, dass sie es heute Nacht mit einem Franzosen macht.«

»Das wird schon so sein. Ganz nebenbei läuft jedoch eine Wette, bei der es um 100 Euro geht.«

»Welche Wette denn?«

Jean ahnte Schlimmes.

»Meine Freundin und ich haben um 100 Euro gewettet, wer es schneller schafft, einen Typen ins Bett zu bekommen und anschließend so schnell wie möglich am Montmartre zu sein. Wer schneller dort ist, der hat gewonnen. Deine Unterhose nehme ich als Beweis mit. Vielleicht lasse ich dir ein paar Euro Liebesprovision zukommen, falls ich gewinne. Also, tschüs dann. Ich muss los«, sagte Angie, ohne mit der Wimper zu zucken.

Jean stand niedergeschlagen da. Bevor er fähig war, etwas zu sagen, war Angie bereits verschwunden.

Er riss die Türe auf und stieß ein lautes »Schlampe« aus. Er ging in sein Zimmer zurück und überlegte. Eine Schweizerin und ein Deutscher schlafen miteinander, und ich bin der Arsch dabei. Verdammte Scheiße.

Nachdem er sich wieder beruhigt hatte, machte er sich an seinen Sixpack Altbier, den er von zu Hause mitgebracht hatte. Solch einen Schock musste man erst verdauen, den Frust hinunterspülen. Jean war gewiss kein Kind von Traurigkeit, aber solch einem raffinierten Weibsbild war er noch nie begegnet.

Die Frauen in Paris waren bekannt dafür, dass sie sehr schön, aber auch kompliziert waren. Sie gaben so manchem Mann Rätsel auf. Angie war jedoch keine Pariserin, sie war Eidgenossin gewesen. Diese Tatsache minderte Jeans Chancen auf ein Liebesabenteuer mit Happy-End in Paris. Wenn ihn schon eine Schweizerin »in der Pfeife geraucht« hatte, wie sollte es dann mit den Pariserinnen werden?

Nach seiner vierten Dose Altbier schlief Jean ein. Er harrte der Dinge, die auf ihn zukamen. Wie pflegten die Franzosen zu sagen? C'est la vie.

Hoher Besuch

Es klopft an die Türe. Der Dichter öffnet. Die Realität steht vor der Türe.

»Hallo, Realität, ich bitte einzutreten.«

Die Realität tritt ein.

»Setz dich. Ich bringe dir gleich Wein. Na, was gibt es Neues?«

»Eine ganze Menge. Ich muss dir berichten, wie es draußen aussieht. Du sollst ja als Dichter Bescheid wissen.«

»Erzähl. Ich bin gespannt darauf, was du zu berichten hast.«

»Die Menschen gehen nach wie vor täglich arbeiten. Sie arbeiten acht Stunden und verdienen damit ihren Lebensunterhalt. Sie können sich Dinge wie Urlaub und Ähnliches leisten.«

»Ehrlich?«

»Tatsache, Dichter. Wie sieht es mit deinem Wohlstand aus? Deine Prosperity liegt wohl im Denken und Einsamsein, nicht wahr?«

»Das geht dich nichts an.«

»Nun sei halt nicht gleich so misstrauisch. Wenn ich schon so freundlich bin, dich zu besuchen.«

»Wer sagt mir, dass du nachher nicht alles draußen herumerzählst?«

»Du unterstellst mir, ein Plappermaul zu sein?«

»Genau.«

»Das ist nicht dein Ernst.«

»Deine Scheinheiligkeit kann ich förmlich riechen. Warum sonst erzählst du mir als Erstes, dass die Menschen draußen täglich acht Stunden arbeiten und damit ihren Lebensunterhalt verdienen? Ich arbeite auch täglich und habe reale Anteile, die du nicht sehen willst. Du möchtest wohl, dass ich mit dem Schreiben aufhöre, was?«

»Das würde ich niemals tun.«

»Weißt du was, Realität. Wenn du nicht in fünf Minuten meine Wohnung verlassen hast, dann schmeiß ich dich raus, und zwar eigenhändig.«

»Behandelt man so seine Gäste?«

»Du bist kein Gast. Du bist eine Nervensäge.«

»Na gut, dann gehe ich eben. Aber verliere die Realität nicht aus den Augen. Eines Tages könntest du böse stolpern.«

»Da hat der Zimmermann eine Türe hingemacht. Raus!!!«

Die Realität flüchtet. Sie fühlt sich verdammt sicher. Ihr kann nichts passieren, so viele Anhänger, wie sie hat.

Gedanken über Sibylle Berg

Wer bist du und was machst du mit mir, dass ich, nachdem ich dich zum ersten Mal im Fernsehen gesehen habe, bei Peter Härtling, mir wünsche, ein Mega-Poster von dir über meinem Bett hängen zu haben? Dass ich in die Buchhandlung, in der ich arbeite, den Computer so lange beschäftige, bis er alle deine Werke ausspuckt, dein neues Buch bestelle, weil meine mir vorgesetzte Kollegin noch nicht mitbekommen hat, dass du bekannt geworden bist.

Dass ich nach Esslingen fahre, wo ich so unfähig bin, dort irgendein Haus zu finden, nur um dich zu sehen. Meine »Lieblings-Sibylle«. Weißt du, meine alte Lieblings-Sibylle gibt es nicht mehr. Sie war eine Pfarrerstochter, furchtbar intelligent, und meine große Sandkastenliebe.

Ich sitze in Esslingen und warte auf dich. Da sitzen nur Menschen im Publikum, die nicht wissen, was sie erwartet, denke ich. Nach der Veranstaltung wird sich mein Eindruck bestätigen. Kaum Applaus hat es dir gegeben, dieses Publikum. Ich weiß, warum. Sie haben sich in deinen Romanfiguren wiedererkannt. Du hast sie ein wenig entlarvt.

Plötzlich sehe ich einen rötlichen Schopf zum Fenster hereinspicken. Es kommt mir vor, wie an Weihnachten, wenn die Kinder heimlich, draußen einen Schneemann bauend, in die Küche schielen, um zu schauen, was die Mama für einen tollen Kuchen backt.

Ich freue mich noch mehr auf Sibylle Berg. Du

wirst von einer Kulturvorsitzenden vorgestellt. Sie warnt vor dir, weil du angeblich ziemlich wüste Texte schreibst. Ach, liebe Kulturvorsitzende, denke ich, lass doch Frau Berg jetzt mal lesen. Vor einer Pilcher warnt man schließlich auch nicht. Alles hat in der Literatur Berechtigung.

Ich bekomme den Eindruck, dass man Sibylle Berg dulden will. Die Stadt Esslingen duldet Sibylle Berg. Klasse, denke ich.

Ich überlege mir, wie ich Sibylle Berg angekündigt hätte.

»Freut euch auf Sibylle Berg, eine Autorin, die die Welt so sieht, wie sie schon auch sein kann«, hätte ich gesagt.

Jetzt kommst du auf die Bühne. Etwas spät, aber nicht so spät, wie Axl Rose es bei Konzerten zu tun pflegt. Ich bekomme Gänsehaut, und meine Ohren haben sich schon auf deine angenehm warme Stimme eingestellt, die ich aus dem Fernsehen kenne. Du fängst zu lesen an und ich bin interessiert und angetan. Sich andere Sichtweisen anzuhören, kann nie schaden.

Kurz kommt mir der Gedanke in den Kopf, wie eine so warme Stimme derart derbe Texte vorlesen kann, bis ich merke, dass darin kein Widerspruch liegt. Dein spitzbübisches Lächeln gefällt mir auf Anhieb.

Der Eindruck verdichtet sich, dass du etwas gegen Sex hast. Sex ist doch gut, oder? Ich bin etwas euphorisch, weil ich es, etwas verspätet, auch erlebt habe. Menschen in meinem Alter haben bestimmt tausendmal Sex gehabt in ihrem Leben. Ich bin 28 und habe erst sechsmal Sex gehabt. Ich glaube aber nicht, dass ich etwas versäumt habe. Jene, die tausendmal Sex gehabt haben, rennen doch schon zum Psychologen, wenn sie eine Woche keinen gehabt haben. Wenn die wüssten, dass ich jahrelang keinen gehabt habe und auch noch lebe.

Ich glaube, dass Sibylle Berg nichts gegen Sex hat. Sie sieht gut aus und ist intelligent. Da werden auch Männer nachgefragt haben. Ich glaube, dass sie etwas gegen die Statistiken in der Coupé und in der Praline hat.

Neben ihr sitzt Peter Lau. Da macht es Bing in meinem Kopf. Er stand doch unter der Rubrik »Intimpartner« im Buch. Aber da stand ja auch »meine Mutter« dabei. Ich will mir nicht vorstellen, dass Sibylle Berg Sex mit Peter Lau gehabt hat. Warum eigentlich? Ist doch ein ganz netter Kerl, dieser Peter Lau, und gut vorlesen kann er auch. Nicht so gut wie Sibylle, aber immerhin.

Dann ist Raucherpause. Ich schleiche mich ins Freie und stehe plötzlich neben meiner großen Heldin. Einmal neben Sibylle Berg stehen. Das war mein Traum und jetzt wird er wahr. Ich bin kein Stalker. Sie muss vor mir keine Angst haben. Ich möchte ihr nur eine Frage stellen und das mache ich jetzt. Ich frage dich, ob du die Titel auf deiner CD, die ich so geil finde, selbst ausgewählt hast. Wer Phillip Boa und Element of Crime gut findet, den muss man nach so etwas fragen.

Ich habe kurzfristig etwas Schiss. Ich rede mit

Sibylle Berg, der erfolgreichen Autorin. Sie wird mich vermutlich für einen kleinen Scheißer halten, mit meinem Patrick-Lindner-Aussehen, für das ich mich nicht zu schämen brauche.

Du bist wirklich nett zu mir. Meine Frage war okay. Wenn man dich keinen Scheiß fragt, wie etwa, warum schreiben Sie, dann gibst du bereitwillig Auskunft. Die Lesung geht weiter und endet, ohne dass sich etwas verändert. Wenn es so wäre, dann würden ab morgen die Uhren anders gehen. Sibylle Berg for president, denke ich.

Ich gehe zu Sibylle, ein Autogramm holen. Sie ist nett im positiven Sinne und schreibt mir etwas Liebes ins Buch. Ich würde gerne eines Tages dasselbe tun wie du, dann würde es mir erspart bleiben, in einer Buchhandlung Bücher von Verona Feldbusch zu verkaufen.

Ich verabschiede mich. Du sagst mir noch, dass ich mich nicht umbringen solle. Danke, mir geht es eigentlich gut. Vielleicht bist du traurig und, wie jeder Mensch, nicht ganz frei von Projektionen.

Ich fahre stolz nach Hause, stolz deshalb, endlich einen Menschen getroffen zu haben, der so denkt wie ich. Ich will auch Autor werden. Möglichst bald.

Ich gehe am nächsten Morgen zum Friseur und fahre weiter zur Buchhandlung. Dort arbeiten. Ich bin manchmal etwas frustriert, habe aber regelmäßiges Einkommen. Diese paar Kröten bieten mir Sicherheit, so viel Sicherheit, dass keine Frau mich heiraten möchte und ich kaum Chancen habe, ein Wesen neben mir zu haben, dass »Papa« zu mir sagt.

Ich finde mich fast mit meinem »Schicksal« ab, als

plötzlich ein Brief in meinem Briefkasten liegt. Ich habe ein Stipendium für Literatur bekommen. Ich wurde aus 200 Menschen aus dem gesamten deutschsprachigen Raum – und der umfasst Österreich und die Schweiz – ausgewählt. Man nimmt mich ernst. Ich darf mich freuen. Ich, ein kleiner Buchhändler aus einer mittelgroßen schwäbischen Stadt, darf nach Hannover fahren und mein Studium antreten. Sibylle, ich komme! Und wieder sehen wir betroffen, den Vorhang zu und alle Fragen offen.

Tauben baden in, trinken aus ihrem eigenen Kot und fliegen davon

Tauben sind keine intelligenten Tiere. Sollten sie einen ebenerdigen Brunnen entdecken, so schicken sie ihren Anführer vor. Er testet, ob das Wasser schön warm zum Baden ist, lässt einen kleinen Haufen Kot, einen »Taubenstinker«, ab und ruft mit einem lauten »Gurr, Gurr« seine Kumpels herbei.

Alle Tauben baden gemeinsam im Kotwasser des Brunnens, trinken sogar daraus, obwohl eindeutig »Kein Trinkwasser« draufsteht. Man muss ihnen zugute halten, dass sie nicht lesen können.

Wenn sie nach dem Baden weniger sauber als vorher sind und wissen, wie der Kot ihres Anführers schmeckt, fliegen sie davon.

Man kann nur hoffen, dass sie wenigstens irgendwo ein Korn finden.

Federboas im Käfig

Der Selbstversuch nimmt konkrete Formen an. Ich gehe zu einer Rave-Party. Da stehen Käfige herum wie in der Wilhelma oder einem anderen Zoo. Ich frage mich, was die damit wollen. Etwa Menschen einsperren?

Es riecht nach einem Akt der Freiheitsberaubung. Der DJ begrüßt die Partyfans. Megagenial aussehende Raverinnen, teilweise mit Federboas dekoriert, bekommen Einlass in den Käfig.

Sie beginnen zu tanzen. Die Technomusik ist eintönig, die Beats beherrschen den Rhythmus. Alles in allem ist das Ganze jedoch recht fetzig.

Die Mädels im Käfig geben ihr Bestes, um die Raver und Raverinnen, die nicht im Mittelpunkt stehen, anzuheizen. Der DJ hat ein Gespür dafür entwickelt, wann er eingreifen muss. Ebbt die Stimmung ab, so schreit er ein vulgäres »Supermuschi« in die Menge.

Die Raver grölen. Die Raverinnen auch. Sie scheinen keine Anhängerinnen der Gleichberechtigung zu sein. Sonst müsste der DJ ab und zu »Superschwanz« in die Menge brüllen. Ich bewege mein Gesäß ein wenig zur Technomusik mit. Nach kurzer Zeit wird mir langweilig. Ich mag halt gut gemachte Dance-Floor-Musik lieber. Mein Selbstversuch ist beendet.

Es war ganz nett im Ravebunker. Nicht mehr, aber auch nicht weniger.

Kacke 2002

An einem Betonpfeiler steht mit blauer Farbe »Kacke 2002« geschrieben. Hat da einer in diesem Jahr viel Mist erlebt oder wie ist das zu verstehen? Prüfung nicht bestanden, von zu Hause abgehauen, von der Schule geschmissen worden, Job verloren, Freundin weggelaufen, Krankheiten, Schicksal in der Familie, die ganze denkbare Palette eben.

Es ist trotzdem unfair, die ganze Problematik dem Jahr 2002 in die Schuhe zu schieben. Das Leben ist doch ein durchgehender Prozess. Auch die ganzen Jahre zuvor hat es viel Kacke gegeben. Der 2.Weltkrieg, der Mauerbau, die Ermordung von Martin Luther King, der einen Traum hatte, die Fußball-WM 1978 in Argentinien, die Stationierung der Pershings in Mutlangen 1985, Tschernobyl 1986, der tragische Tod von Lady Diana, Wirtschaftsrezession und Arbeitslosigkeit, um nur ein paar Stationen des Übels zu nennen.

Von den unzähligen persönlichen Schicksalen des Otto Normalverbrauchers mal ganz abgesehen.

Auch die Zukunft wird eine Menge Kacke für uns bereithalten, was das Erleben von schönen Dingen nicht ausschließt. Das Jahr 2002 hat kein Recht darauf, die gesamte Kacke für sich zu beanspruchen. Scheiße, was?

Welche Bedeutung hat Immanuel Kant für einen deutschen Arbeitnehmer?

Wunderbar, denkt sich der deutsche Arbeitnehmer, nachdem er die Theorien des Philosophen Kant gelesen hat, morgen gehe ich zu meinem Chef und sage ihm, dass ich aus meiner selbstverschuldeten Unmündigkeit herausgetreten bin und nicht mehr alles tue, was er von mir verlangt.

Er dringt in das Chefbüro ein und sagt, dass er seinem Vorgesetzten etwas mitzuteilen habe. Der Chef freut sich und hört aufmerksam zu. Nach dem Vortrag seines Untergebenen äußert er sich.

»Hören Sie mal, Müller, ich weiß nicht, wer Kant war, vielleicht ein untalentierter Fußballer, vielleicht auch nicht, aber sollten Sie sich bei uns nicht wohlfühlen, so kann ich Ihnen binnen fünf Minuten Ihre Papiere richten lassen. Gar kein Problem nicht.«

Müller wird kleinlaut, räumt ein, dass er wohl die Nacht zuvor schlecht geschlafen habe, und geht zurück an seinen Arbeitsplatz.

Müller ist hoch anzurechnen, dass er sich mit Kant beschäftigt hat, dass er ihn nicht richtig zu interpretieren wusste, hätte ihm beinahe den Job gekostet.

Der verbuchte Mann – 240
Forderungen an 000 Mann

An dem Tag, als Harald abgeschrieben wurde, da war er noch nicht verbucht. Er war im »Crazy Horse«, einer Diskothek, um sich zu amüsieren. An der Bar saß eine süße Blondine und nippte an ihrem Cocktail. Es war eine jener Frauen, von denen man glaubt, sie könnten kein Wässerchen trüben, abgesehen vom Cocktail mit Absonderungen ihres Lippenstifts.

Harald setzte sich neben sie und bestellte sich einen Gin Tonic. Er war nicht besonders gut darin, Frauen anzusprechen. Aber an jenem Tag, da wollte er es wissen. Sein Glück herausfordern.

»Und, schmeckt der Cocktail?«, versuchte er, den ersten Kontakt herzustellen.

Die Blondine reagierte sofort, ganz so, als ob sie darauf gewartet hätte, dass sie einer ansprach.

»Ja, ist ziemlich erfrischend.«

Ziemlich, dachte Harald, so ein Wort benutzen in der Regel nur Studentinnen, die einen auf cool machen.

»Sind Sie öfter hier?«, schob Harald eine Frage nach.

»Jeden Samstag, ab und zu mit Freunden. Heute, wie Sie sehen, allerdings alleine.«

»Hat Ihr Freund heute keine Zeit?«, ging Harald in die Vollen.

Eigentlich traf man so, wie Harald seine Anmache anging, nicht immer einen Kegel. Aber er hatte Glück. Die Blondine schien sich nicht an Haralds ungeschickter Direktheit, die zu dem Zeitpunkt des Gesprächs relativ unangebracht war, zu stören.

»Ich bin im Moment solo«, sagte sie.

Harald atmete erleichtert auf.

»Darf ich Sie nachher zum Tanzen entführen?«

Harald machte weiter. Er war als Bautechniker beruflich sehr erfolgreich. Dort hatte er gelernt, Punkt C anzusteuern, wenn Punkt A und B erreicht waren.

Er tat es mit umwerfendem Charme.

»Gerne«, sagte die Blondine begeistert.

Harald bemerkte nicht das Berechnende in ihrem Blick. Sie hatte seine Designerklamotten gesehen und davon Rückschlüsse auf seine finanzielle Situation gezogen.

»Was wollen Sie denn tanzen?«

»Was können Sie?«

»Wenn wir uns auf Foxtrott einigen könnten, dann wäre ich glücklich«, sagte Harald.

»Ich bin einverstanden damit«, sagte sie.

Sie standen auf, ließen ihre Getränke für einen guten Moment lang alleine und gingen auf die Tanzfläche.

Wolfgang Petry erklang. Verlieben, verloren, vergessen, verzeihen. Harald dachte an seine letzte Beziehung. Monika liebte es, auf Musik von Wolfgang Petry zu tanzen. Schnell dachte er um. Das, was jetzt zählte, war die Dame, die er im Arm hatte. Er wusste noch nicht einmal, wie sie hieß, aber sie könnte unter Umständen seine Zukunft sein.

Beim Tanzen fragte Harald sie nach ihrem Namen.

Sie hieß Sabine Leixner. Aber alle nannten sie nur Baby Doll. Als sie nach seinem Namen fragte, da sagte sie etwas Komisches.

»Harald, das klingt gar nicht einmal so übel. Seit es den Schmidt gibt, gewöhnt man sich mehr und mehr an diesen Namen.«

Harald fühlte sich zu Recht veräppelt. Sie hatte ihn beleidigt. Harald gehörte zu den Männern, die sich einiges bieten ließen, nur um nicht ohne Frau zu sein. Er tat so, als ob er es überhört hätte, und tanzte weiter. Einer, der mit mehr Selbstbewusstsein ausgestattet gewesen wäre, der hätte Baby Doll stehen lassen.

Der Abend verlief weiterhin entspannt. Baby Doll hatte ihren Fauxpas bemerkt und war nur noch nett zu Harald. Schließlich war sie auf der Suche nach einem wohlhabenden Mann, und das schien Harald zu sein.

Sie tanzten weitere Male zu den Klängen von gehobener Schlagermusik. Wolfgang Petry verbrachte seinen Sommer in der Stadt, Andreas Martins Flügel fingen Feuer und Costa Cordalis ließ die Nacht hochleben.

Gegen 2 Uhr in der Nacht fragte Harald Baby Doll, ob sie nicht Lust habe, mit zu ihm zu kommen Baby Doll willigte aus Neugierde ein. Sie wollte sehen, wo und wie er wohnte.

Sie stieg in ihren Ford Escort und folgte Haralds dickem Mercedes. Zwei Ortschaften weiter bog er rechts in eine Art Allee ein. Baby Doll glaubte, ihren Augen nicht zu trauen. Wohnte dieser Harald doch in einem »Reichenviertel«. Überall, so weit das Auge reichte, noble Häuser. Marke Neubau.

Harald hielt vor einem dieser modernen Häuser an, das Garagentor ging automatisch auf. Die Reifen seines Mercedes knisterten im Kies, ganz wie bei Derrick, wenn Harry den Wagen vorfuhr.

Nachdem er sein Gefährt ordnungsgemäß in der Garage geparkt hatte, ging er auf Baby Doll zu.

»Komm«, sagte er, »lass uns ins Haus gehen, hier draußen ist es nur kalt.«

Er legte seinen Arm um ihre Schultern und führte sie in sein Traumhaus.

Alles Weitere war abzusehen. Ein halbes Jahr später heirateten Harald und Baby Doll. Es war ein rauschendes Fest. Mit allem, was dazugehörte.

Baby Doll hatte ihr Ziel erreicht. Sie musste nicht länger beim Nanz die Ware über das Band schieben. Volltreffer, Baby Doll, sagte sie zu sich selbst. Ihre Mutter Annemarie war stolz darauf, dass ihre Tochter eine gute Partie, einen dicken Fisch, an Land gezogen hatte.

Ein paar Monate verhielt sich Baby Doll brav. Dann begann sie langsam aber sicher, ihre Forderungen an Harald zu erhöhen. Sie überzeugte Harald davon, dass es besser wäre, viermal pro Jahr in den Urlaub zu fahren. Ferner schaffte sie es mit ihrem umwerfenden Charme, dass Harald ihr mehr Geld für das private Shopping gab.

Harald war nur noch am Arbeiten. Für sich und sein Luxusweibchen, zu dem sich Baby Doll entwickelt hatte. Irgendwann brach er im Betrieb zusammen und redete wirres Zeug. Man brachte ihn in eine Klinik. Harald musste dort länger zur Beobachtung bleiben.

Baby Doll besuchte ihn nicht. Sie ließ sich von Harald scheiden. Er war abgeschrieben. Er war es von dem Moment an gewesen, wo er sich an den Tresen gesetzt hatte.

Ein Freund, der ihn besuchte, erzählte Harald, dass er kürzlich Baby Doll im »Crazy Horse«, mit einem Cocktail an der Bar sitzend, die Beine übereinandergeschlagen, gesehen hatte. In jener Diskothek, in der sich Harald und Baby Doll kennengelernt hatten.

Der Chef räumt auf

»Runter vom Schreibtisch!«, brüllt der Chef.

Saskia Feilscher sitzt nackt auf dem Schreibtisch ihres Chefs und kämpft um eine Gehaltserhöhung.

»Warum denn, es ist sehr angenehm auf Ihrem Schreibtisch. Die Schreibunterlage fühlt sich so weich an wie ein Kinderpopo.«

»Den Sie ja wohl nicht mehr haben, mit Ihren 35 Jahren und Ihrer beschränkten Auffassungsgabe.«

»Sie meinen, ich bin dumm?«

»Selbstredend. Wenn man eine Gehaltserhöhung möchte, dann setzt man sich nicht auf den Schreibtisch des Chefs, sondern schaut, dass man das argumentativ auf die Reihe bringt.«

»Frau.«

»Was, Frau?«

»Dann setzt Frau sich nicht nackt auf den Schreibtisch des Chefs, sondern schaut, dass Frau das argumentativ auf die Reihe bringt, heißt das.«

»Ach, hören Sie mir doch mit Ihrem Feminismus auf. Sie sind keine Alice Schwarzer, sonst würden Sie sich hier nicht vor mir entblößen. Und jetzt runter von meinem Schreibtisch. Der Schreibtisch eines Chefs muss aufgeräumt sein. Im Moment ist er ein einziger Sündenpfuhl und nichts weiter.«

Saskia Feilscher gibt auf. Enttäuscht zieht sie von dannen.

»Ziehen Sie sich etwas über, und ab morgen warm an. Da weht ein anderer Wind«, sagt der Chef und wälzt eine Akte.

Die Frage nach dem achten Weltwunder

Harry steht am Auskunftschalter und fragt die freundliche Beamtin, wann mit dem Eintreffen des achten Weltwunders zu rechnen sei. Sie schweigt. Diese Frage scheint nicht in ihrem Kompetenzbereich zu fallen.

»Darf ich Ihnen erzählen, wie ich mir das vorstelle?«

»Meinetwegen«, sagt sie und macht einen auf geschäftig, indem sie den Locher von A nach B schiebt.

»Ich möchte, wenigstens für einen Tag, eine Welt haben, in der dicke, hässliche Männer keine Kohle mehr brauchen, um eine schlanke, gut aussehende Frau abzubekommen. Der Fettklops aus ›Eis am Stiel‹ soll mit der feschen Blondine aus Bayern poppen dürfen, während der hübsche Bengel mit dem Loch an der Stelle, wo normalerweise das Gehirn sein sollte, sich vor rasender Eifersucht auf den Schuh pinkelt.

Ich möchte, da ich für Gleichberechtigung bin, dass Marianne Sägebrecht sich nicht ›Out of Rosenheim‹ vor Jack Palance ausziehen und auch nicht mit ›Zuckerbaby‹ Eisi Gulp Schaumspiele im kalten Badewasser veranstalten muss, sondern der gut aussehenden Buddhistin ihren Richard Gere ausspannt.

Ich möchte, dass die Schüchternen die Bräute abschleppen, und die Großmäuler leer ausgehen.«

»Träumen Sie weiter, junger Mann. Die Realität sieht anders aus«, sagt die Beamtin.

Neben Harry steht plötzlich der Frauenschwarm Ralf Bauer und möchte, da er als »Workaholic« längst woanders sein müsste, schnell eine Fahrkarte lösen. Die Beamtin strahlt ihm entgegen.

»Was kann ich für Sie tun, Herr Bauer?«

Herr Bauer lächelt. Er freut sich, erkannt worden zu sein.

Harry macht automatisch Platz.

Da er bestenfalls aussieht wie ein durchschnittlicher Naturbursche aus dem Allgäu, ist er weg vom Fenster. Harry verschwindet schnell. Es war wohl doch zu frevelhaft, in Frage zu stellen, was sich über Jahrtausende hinweg in den menschlichen Gehirnen festgesetzt hat.

Einfach königlich

Queen Elizabeth II. feiert 50-jähriges Thronjubiläum und alle dürfen dabei sein. Her Royal Highness bittet ihre Untertanen, »her Royal Heinis«, zur Big Party.

Alle sind gekommen. Anwälte, Popstars, Pin-up-Girls, Arbeiter, Sozialhilfeempfänger, Bobbies, Gospelsänger, Militäreinheiten, Kinder- und Jugendgruppen und viele mehr.

Die Lawyer sind anwesend, weil sie an der Königsfamilie stets fürstlich verdient haben. »Goodbye England's Rose«-Elton ist gekommen, um Prinz Charles daran zu erinnern, welch großartige Frau er verloren hat. Die Pin-up-Girls sind da, weil über ihrer Popularität »The Sun« schon lange nicht mehr scheint. Samantha Fox' »big bubbles« sind unter einem United-Kingdom-Flaggen-BH versteckt, wohingegen Koo Stark hochgeschlossen einen Blick auf ihren Andrew auf dem Balkon wirft. Sie kennt ihn immer noch in seiner Rolle als unzähmbarer Stier.

Die Sängerin Mandy Smith ist zum Arbeitsjubiläum der Queen gekommen, um ihr im Nachhinein dafür zu danken, dass sie vor Urzeiten als 13-jähriges, minderjähriges Gör Bill Wyman heiraten durfte.

Die Queen war damals, wie immer in Fragen von Anstand und Sitte, »not amused«, sprang jedoch über ihren Schatten.

Die buckligen Arbeiter stehen in der ersten Reihe und wundern sich, was andere mit ihrem Geld für einen schönen Bucking-Palast bauen lassen ham.

Die Sozialhilfeempfänger, denen Queen Mum etwas von ihren verzockten Millionen hätte abgeben können, bessern ihren Gefühlshaushalt mit einer großen Portion glamouröser Royality auf. Die auf der Stelle tretenden Bobbies sind bemüht, Haltung zu bewahren und in ihrer Kluft nicht allzu viele Schweißausbrüche zu bekommen.

Schließlich zeigt das Thermometer gnadenlos 28° Celsius an.

Die Gospelsänger, die ihre Münder so weit aufsperren wie frisch geschlüpfte Vögel, die ihrer ersten Nahrungsaufnahme entgegenfiebern, singen stimmungsvolle Lieder. Sogar Elton John, der es eigentlich eher mit den »sad songs« hat, singt mit. Patrouillierende Waffenträger sind bemüht, ihrer in der prallen Sonne stehenden Queen und ihrem Schattenkabinett militärische Ehren zukommen zu lassen.

Kinder- und Jugendgruppen, die über 10 Yards ein Rad schlagen können, sollen das Herz der Queen erquicken. Sie gibt ihre berühmten Gefühlsausbrüche zum Besten und lächelt fünf Sekunden in die Menge. Nach all den Zeremonien ist es Zeit für die Nationalhymne. »God save the queen« ertönt. Da die Queen und ihr Gefolge Hunger bekommen haben, winken sie ein letztes Mal in die Menge und ziehen sich zum Dinieren zurück.

Das Volk jubelt weiter und schwenkt die Fahnen, als ob Manchester United oder der FC Liverpool die Champions League im Fußball gewonnen hätten.

Die Königin des erotischen Films – ein modernes Märchen

Es waren einmal zwei Schwestern, die lebten in Bayern. Die ältere hieß Sibylle, die jüngere Sylvie.

Beide waren bildhübsch, blond und gut gebaut. Sibylle arbeitete als Sekretärin und fand das Tippen in die Schreibmaschine nicht so spannend.

Da sie mit Nachnamen Rauch hieß und bei vielen Männern als »heißer Ofen« das Feuer entfachte, wechselte sie ins erotische Filmfach.

Ein Regisseur bot ihr leckeres »Eis am Stiel« an, bei dem sie Schönlingen den Kopf verdrehen und einem kleinen, pummeligen Dickerchen Stielaugen verpassen durfte.

Sibylle wollte andere Dinge ausprobieren, und so wechselte sie innerhalb des erotischen Films das Genre. Sie ging dorthin, wo sich die zwischenmenschliche Annäherung nicht mit Andeutungen begnügte.

Die Männer gingen mit der »für die Liebe Geborenen« richtig ins Bett.

Man bot ihr für einen Film eine astronomische Summe, von 100000 Mark war die Rede, und Sibylle stieg zur »Königin des erotischen Films« auf.

Als sie mehr schauspielerische Fähigkeiten einbringen wollte, bekam sie mit Theresa, der polnischen Domina aus dem »Bitte, bitte«-Video, Ärger.

Man fetzte sich, kam jedoch zu einer friedlichen Einigung, so dass keine Ärzte konsultiert werden mussten.

Sibylle wurde 40, und plötzlich kratzten süße kleine Früchtchen an der Königin Thron.

Auch Sylvie machte ihrer größeren Schwester Konkurrenz. Die Königin zog von dannen und quartierte sich in einen Wohnwagen ein.

Böse Zungen behaupteten, dass von den astronomischen Summen wenig übriggeblieben war, um weiterhin königlich zu leben.

Da machte sich ein älterer, steinreicher Herr auf, die entthronte Königin zu retten.

Sibylle zeigte sich angetan und war froh, dass es sich beim vermeintlichen Retter um keinen pseudoreligiös Verblendeten handelte.

Die Rettung wollte nicht gelingen, und die Königin von einst tauschte das bezogene Schloss gegen den Wohnwagen ein.

Die bösen Zungen meldeten sich erneut und behaupteten, die Königin hätte parallel nach mehr Inhalt suchen sollen, als die Schale noch frischer war.

Plötzlich tauchte aus dem Nichts ein Bild aus vergangenen Tagen auf. Ein Foto aus einem Magazin für Männer mit wilden Fantasien. Die Rückenansicht einer Knienden. Sibylles Traumkörper, ganz in unschuldiges Weiß gehüllt. Weißer BH, weißes Höschen, weiße Strümpfe und weiße Pumps.

Das lange, wallende, für das Foto vermutlich mit Timotei gewaschene Haar reichte bis zur Hüfte.

Hatte man(n) jemals ein reizvolleres Foto gesehen?

Ein Mann Ende 30, großer Fan ihrer Filme, der das Foto im Karton seines Freundes gefunden hatte, machte sich auf, um es, schön eingerahmt, Sibylle in ihrem Wohnwagen zu überreichen.

Als er an dessen Türe klopfte, öffnete ihm eine Königin, deren Augen und Haare weniger glänzten als zu ihren Glanzzeiten.

Die ehemalige Königin war gerührt. Sie lud den Verehrer zu einer Tasse Kaffee ein, den sie in einem Kocher zubereitete.

Er las ihr erotische Gedichte vor, um zum Entstehen eines Inhalts beizutragen, und als es Sibylle amüsierte, ließ er sich zu einer gewagten Anmache hinreißen.

»Du bist immer noch hübsch und in meinem Colt ist reichlich Pulver.«

Just als er diesen Satz gesagt hatte, schloss sich die Wohnwagentüre ganz von selbst.

Und wenn sie nicht gestorben sind, dann raucht es heute noch in der »Bude«.

Das Dandy-Dirndl

Einige Partnerschaften zwischen Mann und Frau suchen sich ihre inspirierenden Reize von außen, wenn es nicht mehr ganz so prickelt und knistert wie am Anfang.

Heinz-Georg befand sich mit Inge kurz vor dem verflixten siebten Ehejahr.

Schon am ersten Tag hatte sie ihm angedroht, ihn aus der gemeinsamen Wohnung zu werfen, falls sie ihn mit irgendwelchen einschlägigen Magazinen oder im Videorecorder eingelegten Schmuddelfilmchen erwischen sollte.

Sie hatte es mit solcher Eindeutigkeit ausgesprochen, dass man davon ausgehen konnte, Inge würde dieses erotische Surrogat, diesen virtuellen Ersatz als ernsthafte Konkurrenz betrachten.

Inge war der Meinung, dass sie Heinz-Georg zu genügen hatte, auch wenn sie seit Jahren im Bett ausschließlich die weit verbreitete, das Spektrum des Gewöhnlichen nicht verlassende, traditionelle Missionarsstellung praktizierten.

Heinz-Georg hatte im Laufe der Jahre Lust verspürt, im Bett zu experimentieren, was Inge in ihrer relativen Fantasielosigkeit ins Reich der Hirngespinste verwies.

Als Inge wegen rheumatischer Beschwerden zur Kur musste, war Heinz-Georg sich selbst überlassen, was er als erleichternd empfand.

Endlich konnte er dem Ausleben seiner Fantasien ungehindert nachgehen, ihnen freien Lauf lassen.

Gegen Mitternacht, wenn seine Lust erwachte, schaltete er im Fernsehen die »Sexy Clips« ein. Er entdeckte ein Girl, das seine Fantasie enorm bereicherte.

Das Dandy-Dirndl.

Zu traditioneller bayerischer Volksmusik wirbelte der heiße Feger durch ein Zimmer und zog vor einem hellbraunen Eichenwandschrank, nebst zwei palmenartigen Topfpflänzchen langsam sein Dirndl aus.

Heinz-Georg mochte das Dandy-Dirndl auf Anhieb, machte es zur Gespielin seiner Gelüste.

Das hübsche Gesicht, die langen, zu Pippi-Langstrumpf-Zöpfen geflochtenen Haare, der durchtrainierte schlanke Körper mit den langen Beinen und die großen Hupen. Beim Dandy-Dirndl stimmte einfach alles.

Es räkelte sich nackt, die Füße mit ein paar bis kurz unterhalb des Knies reichenden, breiten Bändern versehenen weißen Sandalen auf dem Fußboden und lächelte verführerisch in die Kamera.

Heinz-Georg dachte daran, dass sich seine Inge niemals so erotisch für ihn anziehen würde. Er wertete diese Tatsache als dem Spaßfaktor in seiner Beziehung zu ihr nicht besonders dienlich.

Er hatte niemals mit Inge das Gespräch darüber gesucht, da er aufgrund ihres Desinteresses um dessen Sinnlosigkeit wusste. Um es zu kaschieren, hatte Inge ihm zu Beginn ihrer Ehe diese unsinnigen Verbote verordnet. Dessen war sich Heinz-Georg sicher.

Das Dandy-Dirndl hatte seine Show beendet. Seinem Werben um einen Anruf, einen Night-Call, wollte er nicht nachgehen.

Heinz-Georg genügte dessen natürliche, sympathische Ausstrahlung und die Gewissheit, dass es ihn in der kommenden Nacht wieder mit seiner Anwesenheit beglücken würde.

Als er am folgenden Morgen den Briefkasten öffnete, lag ein Brief von Inge drin. Sie teilte ihm freudig mit, dass sie einen netten, alleinstehenden Mann kennengelernt habe, mit dem sie ausgiebige Waldspaziergänge unternehme, und fügte an, dass ihre Kur wegen der Schwere ihrer Beschwerden um eine Woche verlängert worden sei.

Heinz-Georg wurde etwas eifersüchtig.

Er fragte sich, warum ihm Inge ihren Kurschatten so überdeutlich präsentierte, und sah sich dazu legitimiert, das Dandy-Dirndl zu seinem Heimkurschatten zu ernennen. Mit ihm musste er nicht einmal im Wald spazieren gehen, wogegen er nichts einzuwenden gehabt hätte.

Es kam zu ihm direkt ins Wohnzimmer.

Freiwillig, kostenlos und herzlich willkommen.

Als er darüber nachdachte, was die Eifersucht mit ihm machte, rang er ihr etwas Positives ab.

Der Kurschatten seiner Frau würde im äußersten Notfall neben der anhaltenden Langeweile im Bett der zweite Scheidungsgrund sein.

Mensch ärgere dich nicht

Es war an einem jener verregneten Sommerabende, an denen man besser zu Hause bleiben und sich im Bett einigeln sollte. Dennoch zog es Ted in das Pub an der Ecke, das er regelmäßig zwei Mal die Woche aufsuchte. Mandy, seine Freundin, war an jenen Tagen immer mit ihren Freundinnen unterwegs, so dass er keine Klagen zu erwarten hatte.

Gegen 21 Uhr betrat er das »Londons«. Cindy, das blonde Barmädchen hinter der Theke, begrüßte ihn mit einem freundlichen »Hallo«. Immer, wenn sie »Hallo« zu ihm sagte, geriet sein Blut in Wallung. Ihr attraktives Äußeres und ihre sanfte Stimme, gepaart mit einem süßen Lächeln, das war eine Kombination, die ihn stets verzauberte. Cindy war zweifelsohne auch ein Grund dafür, dass er die Kneipe besuchte. Natürlich wusste Mandy nichts davon, und das war auch besser so. Ted wusste ja auch nicht, mit welchen Männern sie bei ihren abendlichen Unternehmungen flirtete. Es war ihm auch egal. Mandy und er, sie vertrauten sich. Appetit konnte man sich woanders holen, gegessen wurde zu Hause.

Nachdem Ted bei der zauberhaften Cindy ein gepflegtes Pils bestellt hatte, setzte er sich auf einen der zahlreichen Barhocker und ließ die Kneipenatmosphäre auf sich wirken. Es war so früh am Abend noch nicht viel los. Das »Londons« hatte bis drei Uhr geöffnet, da wurde es erst gegen später richtig voll.

Neben sich hörte Ted plötzlich Würfel über die Thekenfläche hopsen. Er vermutete, dass zwei Typen miteinander Chicago spielten. Irgendwie musste man sich schließlich seinen nächsten Gespritzten verdienen und war es durch Glück beim Spiel. Ted hatte sich jedoch mächtig geirrt. Auf den beiden Barhockern neben ihm saßen zwei außerordentlich attraktive Damen, Mitte 30, und spielten ein Spiel, das er sofort erkannte. Es war »Mensch ärgere dich nicht«, jenes Spiel, das er mit seinen Eltern, seinem älteren Bruder und seiner Oma früher als Kind immer an Weihnachten zwischen Mittagessen und dem Kaffeekränzchen gerne zu spielen gepflegt hatte.

Nun saßen da zwei erwachsene Frauen und amüsierten sich bei diesem Spiel, das vorwiegend von Kindern gespielt wurde. Ted beschloss, mit den Damen ins Gespräch zu kommen, und überlegte sich einen passenden Spruch.

»Na, meine Damen, wie ich sehe, gehen Sie heute wieder ›back to the roots‹, nicht wahr?«

Die beiden schauten sich gegenseitig an. Plötzlich begannen sie wie zwei alte Jungfern, die sich zum ersten Mal über Sex unterhalten, zu kichern.

»Sie meinen, dass ›Mensch ärgere dich nicht‹ ein Kinderspiel ist, wenn ich Ihre Bemerkung richtig deute«, sagte eine der Ladies.

Sie hatte langes blond gelocktes Haar, strahlend blaue Augen, einen süßen Schmollmund und trug ein süßes Trägerkleid, das aus 100% Viskose war. Da war sich Ted ganz sicher, da Mandy auch eines dieser schnuckeligen Dinger zu Hause im Schrank hängen hatte.

Die andere Lady mit den kurzen braunen Haaren, dem verdammt kurzen Ledermini und den aufregenden hohen Stiefeln hielt sich etwas zurück. Sie schaute ihn erwartungsvoll mit ihren himmlischen rehbraunen Augen an.

»Genau das ist es, was ich meine«, sagte Ted selbstbewusst.

»Wenn Sie sich da mal nicht täuschen«, sagte sie und warf ihm einen strengen Blick zu.

»Ich bin der Meinung, dass wir uns duzen sollten. Ich bin der Mike.«

Die beiden Ladies waren damit einverstanden, dass sie sich duzten. Die Blonde mit dem luftigen Trägerkleid hieß Gina und die andere mit dem frechen Minirock Simone.

»Wie sieht es aus, Mike, spielst du eine Runde mit? Wenn es für dich ein Kinderspiel ist, dann dürfte es dir keine größeren Probleme bereiten«, sagte Gina ironisch.

Ted kam sich etwas blöd vor. Warum sollte er, ein 34-jähriger Mann, mit zwei reifen Frauen »Mensch ärgere dich nicht« spielen? Nach kurzer Überlegung entschloss er sich mitzuspielen. Es war ein äußerst verhängnisvoller Entschluss, wie sich später herausstellen sollte. Für einen Spaß war er immer zu haben und was sollte ihm groß passieren, dachte er.

»Also gut, Ted, du bekommst die schwarzen, Simone die roten und ich die grünen vier Spielfiguren«, sagte Gina bestimmt.

»Die Spielregeln sind dir bekannt, alles Weitere sehen wir später«, fügte sie hinzu.

Was Gina damit meinte, war Ted in jenem Moment

nicht klar, es beunruhigte ihn aber auch nicht weiter.

Gina und Simone bestellten sich jeweils einen Gin Tonic und Ted genehmigte sich sein zweites Pils. Es konnte losgehen mit dem Kinderspiel, das für ihn zu einer »verhängnisvollen Affäre« werden sollte. Nach einer halben Stunde hatte er die erste Partie souverän gewonnen.

»Gratuliere, Ted, aber das Ganze erscheint mir etwas zu langweilig«, sagte Simone, die zunehmend gesprächiger wurde.

»Lass uns das Spiel ein wenig verschärfen. Derjenige, dessen Spielfigur geräumt wird, zahlt demjenigen, der sie räumt, einen Grappa, Ouzo oder Fernet, denn genau in der Reihenfolge wird getrunken.«

»Einverstanden«, sagte Ted.

Gina, die sich jetzt zurückhielt, nickte nur zustimmend.

Was sollte Ted denn passieren? Er hatte seine Glückssträhne, vertragen konnte er einiges und die Mädels durften schon mal hübsch ihre Portemonnaies herrichten, dachte er.

Im zweiten Spiel räumte Ted die Spielfiguren der beiden Ladies so oft ab, dass er vorschlug, seinerseits nur noch jedes dritte Abräumen zu begießen. Er war kein Unmensch und die Mädels waren sicherlich keine Millionärinnen. Äußerst selten konnten sie sich einen auf seine Rechnung genehmigen. Leicht angeheitert und wie ein Boxer etwas angeschlagen ging er in die »dritte Runde«. Die beiden Spielgefährtinnen neben ihm waren noch quicklebendig.

Plötzlich setzte eine enorme Pechsträhne ein. Ted

war nur noch am Zahlen. Ab und zu bekam er einen von den Mädels bezahlt, was ihm vollends den Rest gab. Ziemlich betrunken und pleite konnte er nicht einmal das dritte Spiel beenden. Die 100 Pfund, die sich einmal in seinem Portemonnaie befanden, waren weg.

»Tut mir leid, meine Damen, aber ich bin pleite. Schluss für heute«, sagte er zu den beiden, die eine ganze Menge vertragen konnten, wie es den Anschein hatte. Sie waren zwar auch etwas betrunken, aber ihren Scharfsinn hatten sie zu seinem Leidwesen nicht verloren.

»Na, was machen wir denn mit einem, der kein Geld mehr hat, bevor das Spiel zu Ende ist?«, fragte Gina Simone.

»Dann müssen wir eben pfänden«, antwortete Simone ganz cool.

»Pfänden?«, fragte Ted verdutzt.

»Ganz recht, ein Kleidungsstück nach dem anderen, bis nichts mehr da ist«, sagte Gina überlegen.

»Ihr versteht aber keinen Spaß«, sagte er.

Ted begann, diese zwei starken Weibsbilder für das, was sie mit ihm vorhatten, zu hassen. Das »Londons« hatte sich inzwischen gefüllt und da wollten die beiden einen Stripact von ihm abverlangen. Ted blieb nichts anderes übrig, als auf eine baldige Glückssträhne zu hoffen. Seine Hoffnung war jedoch vergebens. Die verdammte Pechsträhne hielt an.

»Sagen wir, bei jedem dritten Räumen ein Kleidungsstück«, schlug Simone vor.

Geht in Ordnung, mach mich nur fertig, dachte er. Galgenhumor war das einzig richtige Mittel, um mit dieser Situation fertigzuwerden.

»Einverstanden, Simone, der Herr war ja vorhin auch so freundlich«, stimmte Gina zu.

Ted fragte keiner. Er hatte sich seinem Schicksal zu fügen. Nach wenigen Minuten hatte er zur allgemeinen Erheiterung der restlichen Kundschaft bereits Schuhe, Socken, Hemd und Hose verloren. Cindy stand hinter der Theke und ließ ihm ein tröstendes Lächeln zukommen.

Als er nur noch in der Unterhose dastand, überlegten sich Gina und Simone, ob sie dem makabren Spielchen, das schon längst nicht mehr den Namen »Mensch ärgere dich nicht« verdiente, ein Ende bereiten sollten.

»Weitermachen, weitermachen«, forderte der Rest der Kundschaft lauthals, allen voran die weiblichen Gäste. Sie waren natürlich erpicht darauf, sein bestes Stück zu sehen. Bevor seine Unterhose daran glauben musste, würfelte Gina eine Sechs und beendete das Spiel.

»Glück gehabt«, sagte Ted lächelnd.

Als er sich seine Sachen wieder anziehen wollte, hielt Simone die Kleidungsstücke zurück.

»So nicht, mein Lieber. Pfand bleibt Pfand. Nächste Woche kannste wieder kommen, wir sind meistens mittwochs hier, dann bekommste deine Klamotten wieder, vorausgesetzt, du zahlst deine Schulden.«

Ted war mit den Nerven am Ende. Sollte er, lediglich mit einer Unterhose bekleidet, nach Hause gehen? Er musste, es blieb ihm nichts anderes übrig.

»Die beiden Pils bezahle ich ein anderes Mal, Cindy.«

»Geht in Ordnung.«

Glücklicherweise sah ihn auf dem kurzen Weg zur Wohnung niemand. Was wäre das für ein Dorfgespräch gewesen, wenn ihn da einer gesehen hätte.

Nachdem Ted seinen Suff ausgeschlafen hatte, ging er am folgenden Tag zur Arbeit. Er beschloss auf dem Weg dorthin, mittwochs nie mehr ins »Londons« zu gehen. Für das Fehlen seiner Klamotten musste er bei Mandy irgendeine Notlüge erfinden. Sein außerpartnerschaftlicher Ausgang war auf einen Abend reduziert. Die Ladies hatten es wirklich in sich gehabt und ihm seine Grenzen aufgezeigt. Als er über den Abend im »Londons« nochmals nachdachte, hielt er sich an das Motto des Spiels.

Mensch ärgere dich nicht.

Bergungsarbeiten

Bei der Rettungswacht ging ein Notruf ein. Auf die bescheidene Frage hin, wo Not am Mann sei, sagte die alte Dame am Telefon, sie sehe in einem Appartement des ihr gegenüber liegenden Hauses seltsame Dinge vor sich gehen. Ein Mann hinge an einem undefinierbaren Strang etwas unterhalb der Decke und gebe komische Laute von sich.

Die Leute von der Rettungswacht kamen, so schnell sie konnten. Sie brachen die Türe auf, da auch sie diese von der alten Dame beschriebenen Laute hörten.

Bald darauf konnte Entwarnung gegeben werden. Der Mann, der kurz unterhalb der Decke in einer Hängematte lag und Laute von Quakfröschen von sich gab, verhielt sich völlig normal, wenn man die besonderen Umstände berücksichtigte.

Heinz Vogelmann war Sachbuchautor. Er hatte ein Fachbuch über Frösche geschrieben, welches in Fachkreisen oft verkauft wurde und einen Preis bekommen hatte.

Die alte Dame, die mitgekommen war, meinte dennoch, dass Herr Vogelmann ärztliche, wenn nicht gar psychologische Hilfe benötige.

Die Herren von der Rettungswacht waren amüsiert. Heinz Vogelmann lud sie ein, zum Essen zu bleiben. Bei der Recherche für das Buch hätten ein paar Frösche das Zeitliche gesegnet. Froschschenkel sei eine Spezialität, die sie nicht jeden Tag auf den Teller bekämen. Die drei Männer lehnten dankend ab, mit dem Hinweis, dass sie sich so etwas während der Arbeitszeit nicht leisten könnten.

Das Einzige, was die Männer für ihn tun konnten, war, ihn aus dieser luftigen Höhe wieder herunterzuholen. Heinz Vogelmanns Höhenflug war beendet.

Die alte Dame war beruhigt, dass alles wieder, nach ihrem Verständnis von Normalität, normal war.

Heinz Vogelmann machte weiter, als die ungebetenen Gäste wieder von dannen gezogen waren. Nicht alle Tage gelang einem ein Buch, das solche Beachtung fand.

»And when the saints go marchin' in, lord let me be in the number«, quakte er.